Jasmin Kempter

Silent Pain
(Stiller Schmerz)

Für A. und L.	Ich liebe Euch von ganzem Herzen!
Für meine Eltern	Danke für Eure Unterstützung in dieser schweren Zeit!
Und für Susi, meine Beste	Danke fürs Korrekturlesen, fürs Mitleiden, Mitfiebern und Deine Freundschaft!!

Herstellung und Verlag:
BoD - Books on Demand, Norderstedt
ISBN 978-3-7386-0465-8

*Ich fühle mich schrecklich.
Sehr, sehr schrecklich.
Es fühlt sich an als hätte mir jemand ein Stück aus meinem Herzen gerissen, es schlägt weiter, aber es blutet, tut verdammt weh.
Die Musik dröhnt in meinen Ohren, irgendein altes Liebeslied über einen „Hero", aber in meiner Stimmungslage genau das Richtige. Ich dröhne mich zu damit, pumpe mich voll mit Musik, damit ich nichts mehr denken muss, nur noch fühlen. Und es tut so weh.
Ich fahre viel zu schnell, morgens um halb neun, muss mich immer wieder bremsen um nicht auch noch einen Geschwindigkeitsrausch zu bekommen, bin ja bald zuhause.
Er fehlt mir so sehr. Gerade vor zehn Minuten haben wir uns verabschiedet, und es ist ja nur für acht Monate in denen wir uns alle zwei bis drei Wochen einen Tag sehen dürfen, aber es kommt mir vor wie ein Abschied für immer.
Die Autos ziehen an mir vorbei, aber ich bekomme es nicht mit, bin so in meinem Schmerz und meinen Gedanken gefangen, dass ich sicher nicht einmal mitbekommen würde wenn neben mir eine Bombe einschlägt.
Ich weiß ja noch nicht einmal sicher, ob ich ihn jetzt für längere Zeit nicht sehe oder ihn heute Abend noch einmal abholen muss, ihn noch einmal für eine Nacht bei mir habe – zitternd, mit Schmerzen im Kreuz, einem dicken Schnupfen und so blass, als wäre er eine Wand. Und mit dem brennenden Gedanken in mir, ob er den einen Tag noch durchhält, ob der Druck sich noch einmal Stoff zu besorgen nicht doch zu groß wird.
Ich weiß nicht was mir lieber wäre, wenn er noch eine letzte Nacht hier bei mir ist, ich ihn bei mir spüren, halten und für ihn da sein darf, oder wir uns ab jetzt nicht mehr sehen, für eine schier unendlich lange Zeit?
Ich atme tief ein, den ganzen Schmerz, die Trauer, das Vermissen, mit jedem Atemzug tief in meine Lungen ein und pruste sie lautstark durch den Mund wieder aus. Der Druck, der auf mich drückt, mag immer noch nicht so recht weichen und macht mir meine Brust eng, legt sich wie flüssiger Beton über meine Atemwege, auf den Magen und das Zwerchfell.
Ich blinke automatisch als ich die Ausfahrt erreiche und schere auf die Ausfahrtsspur ein, noch fünf Minuten und ich bin zuhause. Zuhause. Wo alle seine Sachen noch liegen, seine Wäsche noch in meiner Waschmaschine ihre Runden dreht, seine gepackten Taschen stehen mit Klamotten für ein paar Tage, die blaue Tasche. Die Tasche für die nächsten zwei Wochen. Danach braucht er die große Rote. Mit all seinen Kleidern, die jetzt noch ordentlich in meinem Schrank liegen, in der Waschmaschine oder im Trockner stecken, mit Schuhen, Büchern, und allem was man für 8 Monate Therapieaufenthalt braucht.*

8 Monate Therapie und diese genehmigt zu bekommen war ein verdammt langer Kampf, der ihn und mich fast unsere gesamte Kraft gekostet hat. Eine Hoffnung auf ein sauberes, drogenfreies Leben zusammen, aber auch eine Angst sich zu sehr voneinander zu entfremden. Angst, dass er danach nie wieder der ist, den ich kenne. Aber kenne ich diesen Menschen eigentlich, der er jetzt ist, vernebelt von Drogen, unklar in sich und seinen Gefühlen?
Mir kommt ein Gedicht von Erich Fried in den Kopf:

Es ist Unsinn sagt die Vernunft
Es ist was es ist sagt die Liebe
Es ist Unglück sagt die Berechnung
Es ist nichts als Schmerz sagt die Angst
Es ist aussichtslos sagt die Einsicht
Es ist was es ist sagt die Liebe
Es ist lächerlich sagt der Stolz
Es ist leichtsinnig sagt die Vorsicht
Es ist unmöglich sagt die Erfahrung
Es ist was es ist sagt die Liebe

Und damit ist alles umschrieben was in meinem Kopf und in meinem Herzen vor sich geht. Bangen und Zweifeln, Hoffen und Leiden, Hassen und Verzweifeln. Und Lieben. Die Liebe, die alles übersteht.
Tränen rollen mir über die Wangen als ich den blauen Kleinwagen vor meiner Haustür parke und in eine leere, stille Wohnung zurückkehre – ohne ihn.

2

‚Lieben werde ich nicht mehr können', denkt sie und fragt sich was Liebe denn überhaupt bedeutet. Treue? Zeit miteinander verbringen? Sich gegenseitig zu akzeptieren? Miteinander zu reden?
Sie seufzt laut, schiebt ihre rechte Augenbraue mit dem Zeigefinger mittig nach oben. Wie dumm das aussieht wenn man sich dabei im Spiegel betrachtet. Sie probiert verschiedene Grimassen, formt ihre eher etwas schmal geratenen Lippen zu einem Kussmund und kommt sich dabei einfach nur sehr albern und kindisch vor.
Zwei Pickel fallen ihr ins Auge und kurz überlegt sie sich, ob sie ihnen mit ihren Nägeln zu Leibe rücken soll um ihnen den Garaus zu machen, entscheidet sich dann aber doch dafür sie mit Zahnpasta auszutrocknen.

‚Jetzt sehe ich noch bescheuerter aus als vorher', sagt sie sich als sie ihr Zahnpastawerk betrachtet. Zwei weiße Flecken direkt über der Nasenwurzel. ‚So will mich doch sowieso kein Mann – aber was solls, es gibt keinen Mann für mich, ich werde auch keinen finden und damit basta. Und wenn doch werde ich sowieso wieder nur verletzt. Also bleibe ich lieber Single'.
Single – mit Kindern!
Zwei Kinder hat sie, die diesen Abend - wie jeden Freitag - bei ihrem Vater verbringen, dort wahrscheinlich gerade vor dem Fernseher abgestellt werden damit sie nicht zu viel Mühe machen. Aber im Prinzip darf sie sich darüber gar nicht aufregen. Sie macht es ja meistens genauso. Weil sie nicht gelernt hat sich mit ihren Kindern zu beschäftigen, weil sie zu ungeduldig mit ihnen umgeht. Weil sie oft mit ihnen überfordert ist, was sie vor sich selber und vor allem natürlich vor anderen nie zugeben würde.
Die Kinder nehmen ihr die wenige Freizeit, die sie hat, die sie lieber für sich selber verbringen würde, mit Freundinnen bei Kaffee und Kuchen, mit Sport, in der Disco oder auch einfach nur in ihrem Bett.
Die meisten verstehen das nicht und sie selber ja eigentlich auch nicht. Das schönste auf der Welt sind Kinder, sagt man, aber sie hat wohl nicht gelernt sie zu lieben, hatte gar keine Chance dazu. Zumindest redet sie sich das ein.
Aber heute ist Freitag, sechzehn Uhr und drei Minuten auf ihrer glänzenden Armbanduhr aus Edelstahl. Weihnachtsgeschenk von den Eltern. Und eigentlich sollte sie sich freuen, sie ist allein, die Bude leer, die Kinder verräumt und sie hat jede Menge freie Zeit für sich alleine. Das wünscht sie sich doch die ganze Zeit.
Sie verlässt das Bad, geht durch die Diele an den Kinderzimmern und am Schlafzimmer vorbei. ‚Die Betten hab ich wieder nicht gemacht, ach egal, ist ja bald Wochenende'.
Der Fliesenboden fühlt sich kalt unter ihren Füßen an, sie läuft nur in Strümpfen, hat vor lauter Pickel-Zahnpasta-Gedanken die Hausschuhe im Bad stehen lassen. Aber nun ist sie zu faul um zurück zu gehen und sie zu holen, stattdessen legt sie sich im Wohnzimmer auf die braune Microfasercouch in L-Form und schaltet den Fernseher an. Zappt durch die Programme, aber außer einer Reportage über Fischfänger in Helsinki und etlichen Talkshows und Seifenopern ist nichts richtig Interessantes dabei.
Sie fühlt sich einsam, alleine und verlassen, spürt das Gefühl schon im Bauch hochsteigen, es drückt nach oben und möchte hinaus. Die Augen brennen, aber sie will nicht weinen, denn das macht es auch nicht besser – nicht leichter.
„Ruf doch an!" meckert sie ihr Handy an das neben ihr liegt, aber es schweigt beharrlich. „Herrgott nochmal, irgendeine von Euch Mädels wird doch mal vor zweiundzwanzig Uhr an mich denken können! Ruft an, schreibt eine SMS, aber macht doch verdammt nochmal was!"
Sie nimmt das Handy in die Hand, drückt sich durch das Menü zum Adressbuch und blättert die Namen durch. Alles nur flüchtige Bekannte, frühere gute

Freunde oder Leute mit denen sie keine Lust hat etwas zu unternehmen, wirkliche Freundinnen sind nur zwei oder drei dabei, aber denen hat sie schon vor einer halben Stunde geschrieben und die haben bisher nicht geantwortet.
Ein Anflug von ‚keiner hat mich lieb' schleicht sich in ihren Kopf, doch den Gedanken schiebt sie rigoros beiseite, so undankbar darf man gar nicht sein! ‚Ich hab doch meine Kinder die mich lieben, meine Eltern die mich lieben, meine Freundinnen die mich lieben, halt einfach keinen Mann der mich liebt, aber daran darf man sich doch nicht so festhängen!'
Sie weiß selber dass sie in Selbstmitleid badet, dass sie sich immer wieder Gedanken darum macht, dass und warum sie keinen passenden Partner hat. Dass sie jedes Wochenende in der Disco verzweifelt nach einem Mann Ausschau hält von dem sie sich ein wenig Liebe und Zuneigung ersehnt, dass sie sich regelrecht daran festbeißt nach einem passenden Mann zu suchen, das weiß sie auch. Und dass es so nicht funktioniert braucht man ihr auch nicht jedes Mal zu sagen, sie möchte ja nicht suchen, aber sie fühlt sich halt so allein. Piep macht das Handy und sie sieht wie ein geschlossener Briefumschlag im Display auftaucht. „Eine neue Nachricht" liest sie und ist ganz kurz ein wenig aufgeregt, denn man weiß ja nie, ob nicht doch ein unbekannter Verehrer ihre Nummer herausgefunden hat, sich unsterblich in sie verliebt hat und ihr jetzt schreibt...
„So ein Schwachsinn, das passiert nur im Märchen, hör auf zu träumen", das ist sicher nur Sanne, ihre beste Freundin mit der sie jeden Freitagabend los zieht. Sanne, die sie seit Jahren kennt, die auch mal wieder Single ist, aber kinderlos, und die ihr Leben einfach leicht nimmt, es genießt und das Beste daraus macht, nicht um Kerle weint sondern sie sich einfach nimmt.
Sanne ist so unbeschwert, ein kleiner Feger mit ihren 1,59 m die sie nur hat, nicht gerade dürr, aber die Rundungen an den richtigen Stellen und mit ihren langen schwarzen Haaren und dem südländisch anmutenden Gesicht bei allen Männern sehr beliebt. Sanne ist aufgeschlossen, geht mit viel Selbstbewusstsein auf die Männer zu und führt sie wie Marionetten, spielt mit ihnen, lächelt kokett und lässt sie dann abblitzen. Oder nimmt sie mit nach Hause, gerade wie sie Lust hat.
‚Das könnte ich nicht' denkt sie und drückt auf die Bestätigungstaste ihres Handys. Ja, es ist Sanne, die ihr schreibt sie komme gleich auf eine Zigarette vorbei und dann könne man ja vor der Disco heute abend noch etwas essen oder trinken gehen.
Immerhin ist sie dann nicht mehr allein. Ist abgelenkt von ihren Selbstmitleidsgedanken und dem „Ich-fühl-mich-so-allein-und-verlassen".
Kurz überlegt sie, ob sie sich die Zahnpasta aus dem Gesicht waschen und aus der labberigen Jogginghose in eine Jeans schlüpfen soll, aber Sanne kennt sie ja und eigentlich ist es auch egal, sie kann sich nicht von der Couch bewegen, es reicht wenn sie aufsteht wenn Sanne da ist.

Sie sieht aus dem Fenster in ihren Garten, es fängt langsam an grün zu werden, der Frühling steht vor der Tür und die ersten Zarten Knospen suchen sich ihren schweren Weg aus der Erde um zu blühen anzufangen. Wenn nur auch ihr endlich mal der Frühling bevor stehen würde, denkt sie und schimpft sich gleichzeitig selber über diese blöden, blöden Gedanken, die sie sich immer wieder durch den Kopf gehen lässt. Selbstzerstörung nennt man das wohl. Sadismus. Und darüber muss sie schon fast wieder ein wenig grinsen.
Sie kratzt sich am Kopf und beschließt nun doch aufzustehen und sich noch einen Kaffee aus der Padmaschine zu lassen, schlürft in die Küche mit immer noch kalten Füßen und drückt auf den Einschaltknopf. Er blinkt in schnellen Abständen. Na toll, das Wasser ist leer. Auch das noch. Warum nur kann nichts einfach einmal so funktionieren wie es soll.
Sie schnappt sich den Wassertank der Maschine und trottet mit kalten, nackten Füßen zum Wasserhahn, dreht auf und lässt den Tank volllaufen.
Wieder zurück, Wassertank rein, Pads aus der Dose – genau zwei Stück für eine große Tasse – und wartet bis die Maschine aufgehört hat zu gurgeln und der Knopf zu leuchten.
Dann drückt sie auf den Startknopf und bemerkt im gleichen Moment, dass sie vergessen hat eine Tasse drunter zu stellen.
„Scheiße" ruft sie laut aus und rennt zum Schrank, stellt schnell eine Tasse unter die schon laufende Maschine, die den Rest des dampfenden Kaffeestrahls auffängt.
‚Wie kann man denn so unfähig sein? Wie soll man so Kinder erziehen geschweige denn einen Partner bekommen?'
Die Maschine hat den Kaffee komplett ausgespuckt, die Tasse ist nur zu dreiviertel voll, aber egal, da kommt ja sowieso noch Milch drauf.
Gerade macht sie mit einem Schwung die Kühlschranktür auf, als sie die Haustürglocke läuten hört.
Sie erschrickt kurz mit einem freudigen Gefühl im Bauch, lässt die Kühlschranktür offen stehen und rennt zur Haustür. „Ich komme" ruft sie, obwohl das außer ihr sowieso niemand hört, denn zwischen Ihrer Haustür und der gemeinsamen Haustür für Ihr Wohnhaus liegt noch ein großer, kalter Flur.
Sie macht die Tür auf, drückt auf den Summer und hört die große Eingangstür um die Ecke mit einem lauten Knacken aufgehen.
Sanne kommt schwungvoll ums Eck, strahlt wie immer eine Energie und Lebensfreude aus, die einen mitreißt.
„Jessy" schreit sie und eilt federnden Schrittes auf die geöffnete Tür zu „gibt's Kaffee? Ich riechs ja schon! Für mich auch eine Tasse" grinst, nimmt Jessy kurz in den Arm, drückt sie euphorisch und drängt sich an ihr vorbei in die Wohnung.
„Was hast Du denn für eine Sauerei gemacht? Wohl die Tasse vergessen" Sanne lacht und deutet mit ausgestrecktem Arm auf die braune Pfütze um die Kaffeemaschine.

„Hmm, leider ja" grinst Jessy verlegen und holt schnell den Lappen um die Kaffeepfütze aufzuwischen.
„Ich nehm gleich die Tasse, kannst Dir ja nochmal einen machen" ruft Sanne, schnappt sich die volle Tasse und rauscht damit ins Wohnzimmer wo sie sich auf die Couch fallen lässt, in ihrer Handtasche nach ihren Zigaretten kramt und sich gleich eine anzündet.
So ist sie halt. Euphorisch, bestimmend, lebensfroh und ab und zu ein wenig launisch. Aber die liebste Freundin auf der ganzen Welt.
Jessy seufzt laut, holt sich eine weitere Tasse aus dem Schrank und lässt sich Kaffee durch.
Sie hört wie nebenan im Wohnzimmer auf einen Musikkanal gezappt und die Musik lauter gedreht wird. Pink. Perfekte Partymusik um sich auf den Abend einzustimmen. Jessys Laune steigt mit einem Schlag und sie fühlt sich richtiggehend aufgeputscht in dem Gedanken ans Feiern, Alkohol, Tanzen und Party machen in ein paar Stunden. ‚Das ist das Leben' denkt sie und geht mit ihrer Tasse ins Wohnzimmer zu Sanne.
Die hat es sich bereits bequem gemacht, die Schuhe ausgezogen und sich im Schneidersitz auf die Couch gelümmelt.
„Ich hab mir folgendes überlegt" sagt Sanne geheimnisvoll und schlürft laut aus ihrer Tasse „auf was trinken gehen hab ich heut irgendwie keine Lust, außerdem muss ich noch was einkaufen, ich würd sagen Du machst Dich bis halb elf fertig und dann holst du mich ab und wir fahren ins Nachtwerk. Ich hab noch zwei zwanzig-Euro-Gutscheine, da kannst einen haben, dann haben wir frei Saufen heut Abend, und für den Rest lassen wir uns von irgend einem Typen einladen". Sie grinst verschmitzt und schaut Jessy mit schief geneigtem Kopf erwartungsvoll an.
„Puhh, ja, das geht klar. Dann kann ich noch zwei Stunden vorschlafen bis wir gehen. Freu mich schon, meinst dass der geile Typ von letztem Mal auch wieder da ist?" Sie zieht lächelnd die Schultern hoch und Endorphine schießen in ihren Kopf bei dem Gedanken heute Abend vielleicht den Typen von letztem Freitag oder gar den Mann ihres Lebens zu treffen.
„Denk schon, den hab ich ja auch schon öfter gesehen. Also dann machen wir es so, dann fahr ich jetzt wieder, muss ja noch einkaufen und essen und um halb elf holst Du mich zuhause ab. Läuft!"
Sanne steht auf, zieht sich ihre Schuhe an, drückt die Zigarette nach einem letzten tiefen Zug im Glasaschenbecher aus, schaut kurz in ihre Tasse und stellt sie wieder auf den Couchtisch, nachdem sie festgestellt hat dass sie wohl leer ist.
Sie beugt sich zu Jessy, die auf der Couch sitzt und ihrerseits an ihrer Zigarette zieht und drückt sie. „Brauchst nicht mitkommen, ich weiß wo die Tür ist" und rauscht mit einem fröhlichen Lächeln davon.
Krachend fällt die Haustür ins Schloss.

Wieder dröhnt „Hero" aus dem Radio. Doch diesmal fühl ich mich besser, ruhiger. Beruhigter.
Gestern Abend hab ich seine Sachen wieder einmal durchwühlt. Ich konnte es einfach nicht lassen. Seinen Rucksack, die Taschen seiner schwarzen Kunstlederjacke die er über den Stuhl gehängt hatte, schnell, schnell, bevor er von der Toilette zurückkommt.
Ich habe nichts gefunden außer den normalen Dingen wie Tempotüchern, Sonnenbrille, Geldbörse – aber selbst die habe ich eilig durchwühlt. Das Geld, das ich ihm mitgegeben hatte war noch da – so viel zum Thema Vertrauen. Doch wie soll man denn Vertrauen aufbauen, wenn man belogen und bestohlen wurde? Auch wenn es lange zurück liegt, dass er ich zuletzt belogen hat, Vertrauen ist schwer wieder aufzubauen.
Manchmal gelingt es mir und ich habe ein immenses Vertrauen, weil ich weiß er hat mich lange nicht mehr enttäuscht, mich nicht mehr angelogen oder betrogen. Mir nicht mehr erzählt, dass er sich mit einem Freund trifft nur um ohne mein Wissen in der Stadt Drogen kaufen zu gehen. Und dann kommen die Momente in denen das Misstrauen in einem brennt wie Säure, in denen man nur noch handelt und sich Sicherheit verschaffen muss – wie gestern.
Er war so erstaunlich gut drauf im Gegensatz zu den letzten zwei Tagen. Sein ständiger Schnupfen war beinahe weg, er war nicht mehr so nervös und zappelig, keine Rückenschmerzen und hat sich mir gegenüber wieder viel mehr geöffnet, mir seine Gefühle gezeigt, mich in den Arm genommen und sich an mich gekuschelt. Aus schlechtem Gewissen? Oder weil es ihm einfach besser ging, der Körper sich an die geringere Dosis Methadon gewöhnt hatte? Aber die Augen waren klar, die Pupillen normal. Ich kann nur versuchen zu vertrauen. Wenn er es jetzt, nach dem ganzen Kampf der letzten vier Monate um Therapieplatz und Kostenzusage noch nicht kapiert hat und seine Chance auf ein sauberes Leben ohne Kriminalität und Beschaffungsdruck, mich noch dazu, aufs Spiel setzt, dann ist es nicht meine Schuld. Ich darf mir keine Schuld daran geben, ich habe es nicht in der Hand. Nur er kann etwas daran ändern, kann weiterhin stark bleiben und kämpfen. Ich kann ihm nur den stabilen Rahmen und die Sicherheit geben, dass ich ihn liebe und immer für ihn da bin. Und hoffen, dass er weiß was er tut.
Irgendwo in einem Teil von mir ist es mir auch gleichgültig, da ich weiß es liegt nicht in meiner Hand. Kann nur abwarten und beten. Und vertrauen.
Kann ihn am Morgen zur Tagesklinik bringen und abends wieder von dort abholen. Doch heute mache ich mir Gedanken, alte Ängste kommen in mir hoch, ich kann ihn nicht wieder holen heute abend, denn heute ist Donnerstag und ich habe Termine, die ich einhalten muss, muss ja auch an mein Geschäft denken,

das mir den Lebensunterhalt sichert, an meine Kinder, die zu essen brauchen und ihre Mama sowieso.

„Hero" ist mittlerweile verklungen, ich fahre meine Strecke in einer einigermaßen normalen Geschwindigkeit, wahrscheinlich weil ich heute wieder eher bei mir bin als ich es gestern Morgen war. Obwohl es mir immer noch schlecht ist, seit dem Aufstehen ist mir übel im Magen und das schon seit Montag. Mir ist bis mittags übel, ich könnte kotzen aber es geht nicht, von was denn auch? Ich esse ja beinahe nichts, versuche mich wenigstens zu zwingen mittags mit den Kindern zu essen, um für die beiden alles normal erscheinen zu lassen und auch ein wenig was im Magen zu haben. Und auch das wenige im Magen kommt als Wasser wieder raus. Das ist bei mir immer so, Stress schlägt mir auf den Magen und auf die Verdauung.

Aber jetzt habe ich ja kurzzeitig etwas womit ich mich ablenken kann, was mich auf andere Gedanken bringt. Es ist jetzt viertel nach acht, die Landschaft fliegt ungesehen an mir vorbei und ich bin auf dem Weg in eine große Diskountkette, denn dort gibt es heute Inlineskates im Angebot für meine Kinder. Ich hoffe nur, dass ich noch zwei Paar bekomme, dort sind die Angebote meist schon fünf Minuten nach Öffnungszeit vergriffen. Die wünschen sie sich halt schon seit langem, zu Ostern soll es dann endlich soweit sein, dass sie mit den Inlinern und passender Schutzausrüstung überrascht werden. Die zwei werden Augen machen und ich freue mich jetzt schon auf die lachenden Gesichter! Sofort bin ich etwas entspannter und gelöster, befreie mich aus meiner verkrampften Haltung und kann auch schon wieder etwas lächeln als ich an meine Kinder denke.

Aber ich warte auch. Ich weiß genau, dass ich mich heute trotz Ablenkung in einer Wartehaltung befinde, die Gedanken immer wieder abschweifen werden, meine Hand nervös zum Handy greift, schweißnass weil ich so unter Spannung stehe, und schaue ob ich nicht doch eine Sms verpasst habe. Eine Sms von ihm, in der er mir mitteilt ob er jetzt nach oben auf die geschlossene Station kann oder nicht. Ob ich endlich durchatmen und loslassen darf oder nicht. Ob ich endlich wieder zu mir selber finden darf.
Heute geht er wieder um 0,5ml runter mit der Dosis, ich weiß dass der Druck dann wahrscheinlich noch größer wird, weil es ihm wieder schlecht geht. Wobei er sagt, am ersten Tag spürt man noch nichts, das kommt dann erst am zweiten und am dritten Tag, bis sich der Körper wieder dran gewöhnt hat und aufhört mit Schmerzen, Übelkeit, nachlassendem Hungergefühl und Unwohlsein dem Entzug gegenzuwirken.
Aber ich will es eigentlich auch nicht mehr sehen, ich will nicht ständig sehen wie es ihm schlecht geht und merken wie ich mitleide, will nicht mehr ständig die Angst haben müssen, dass der Druck vielleicht zu groß wird und die Sucht gewinnt und er sich doch noch ein letztes Mal etwas in seine Adern ballert.

Es ist ein hin und ein her, soll ich glauben soll ich vertrauen, soll ich hoffen oder zweifeln? Nein ich will nicht, ich will einfach nur lieben!
Ich will einfach nur Ruhe, ich will einfach nur endlich, dass alles in ruhigen Bahnen verläuft und ich mich auch wieder auf mich konzentrieren kann. Ich wünsche mir nichts sehnlicher als in Ruhe und Sicherheit mit ihm zuhause ankommen zu dürfen.

Ich fahre jetzt viel zu schnell, merke ich, im Radio läuft schon wieder ein Liebeslied, das ich nicht kenne, und drehe die Geschwindigkeit langsam nach unten. 120km/h sind erlaubt und auf 150km/h war ich schon, also viel zu schnell. Ich kann es nicht riskieren, dass mir jetzt etwas passiert, ich muss stark bleiben, für meine Kinder, für meine Arbeit, für mein Leben und für Tim.
Es hat mich jetzt nicht zu interessieren was er tagsüber macht, obwohl sich diese Gedanken ganz automatisch in meinen Kopf schleichen, was macht er gerade, wo ist er, warum meldet er sich nicht? Ist er noch in der Tagesklinik oder hat er sich einen Grund einfallen lassen um zwei Stunden gehen zu können damit er sich doch noch was für einen letzten Schuss besorgen kann?
Ich glaube es nicht, er hat mir im letzten halben Jahr so viel bewiesen, er hat mir bewiesen, dass er stark sein kann, dass er Kraft hat durchzuhalten und den richtigen Weg zu gehen, er hat mich nicht angelogen sondern mir sein Leben und das, was er tut, durchsichtig gemacht, er gab mir sämtliche Beweise. Beweise, dass er wirklich keinen Beigebrauch hat wie so viele, dass er nur substituiert ist und das auf sehr geringer Dosis. Obwohl das auch für mich schon zu viel ist. Ich möchte ein Leben mit ihm, das clean ist. Ich möchte ein normales Leben mit ihm, aber ich weiß nicht ob das jemals geht?
Ich habe Angst, ja, große Angst, denn ich liebe diesen Mann. Aber ich habe Angst, dass ein normales Leben mit diesem Mann nicht möglich ist. Ich habe Angst, dass er irgendwann rückfällig werden könnte wenn ihn irgendwas zu sehr belastet, Angst, dass er in seine alten Kreise zurück findet zu denen er den Kontakt seit langem abgebrochen hat.
Wir haben beschlossen hier weg zu ziehen wenn er von der erfolgreich abgeschlossenen Therapie wieder kommt, aber ob das so realisierbar ist? Auch davor hab ich Angst. Manchmal bestimmt die Angst mein ganzes Leben. Aber ich kämpfe dagegen an, jeden Tag, jede Stunde, jede Minute und jede Sekunde. Ich bin ein Kämpfertyp der nicht aufgibt und habe bisher nicht oft einen Kampf verloren geben müssen. Aber die Sucht ist ein Gegner, den man nicht einschätzen kann, der von heute auf morgen hinterrücks mit der Axt zuschlägt und ein ganzes Leben zerstört.
Ich freue mich auf ein Leben mit Tim, natürlich, ich wünsche mir nichts sehnlicher als mit ihm glücklich zu werden, ich möchte ihn heiraten, mein Leben mit ihm verbringen, vielleicht auch ein Kind mit ihm haben. Aber ich habe Angst, dass genau das ihn irgendwann vielleicht überfordert.

‚Oh Gott, wo ist denn nur die Hose hin? Und die Haare hab' ich auch noch nicht gemacht'. Voller Panik und mit einem Blick auf die Uhr rennt sie wie ein aufgescheuchtes Huhn durch die Wohnung, vom Badezimmer ins Schlafzimmer und wieder zurück, kann keinen klaren Gedanken fassen.
‚Ganz ruhig durchatmen!' sagt sie sich, bleibt kurz stehen, schließt die Augen, spürt wie ihr das Herz bis zum Hals klopft und der Druck im Kopf langsam nachlässt. Sie wird ruhiger, hört die Musik aus dem CD-Player im Bad und lässt langsam das Gefühl der Freude auf den heutigen Abend wieder Oberhand gewinnen.
Schließlich findet sie die gesuchte Hose unter zwanzig anderen verschiedener Größen in ihrem chaotischen Kleiderschrank, zieht sie über den String Tanga in unaufdringlichem Schwarz und hüpft – den Knopf schließend – ins Badezimmer, um sich die Haare fertig zu stylen.
Das Handy klingelt kurz und penetrant, ist kaum zu überhören, selbst wenn sie es wollte. Dann schweigt es wieder.
‚Sanne' weiß Jessy nach einem Blick auf das Display, drückt mit nervösen Fingern die richtigen Tasten und das Freizeichen erklingt nach kurzem Zögern.
„Hi Jessy, wo bleibst Du, ich warte schon vor meiner Haustür?" Sannes Stimme klingt fröhlich, locker, kein bisschen aufgeregt, aber voller Vorfreude auf das, was der Abend ihr und der besten Freundin bieten wird.
Jessy fühlt sich unter Stress, die Haare liegen nicht so wie sie sich das vorgestellt hat, schnell schlüpft sie in die schwarzen Turnschuhe, steckt sich Zigaretten, Handy und Geld in die Hosentaschen der dunkelblauen Jeans, schnappt sich den Schlüssel von der Ablage in der Diele und wirft krachend die Tür hinter sich ins Schloss.
‚Jaaaaa!!' denkt sie, muss aus vollem Halse lachen, so sehr freut sie sich jetzt doch auf den Abend in der Disco, auf Lachen und Tanzen, auf Flirten und Fröhlichkeit.
Sie geht zügig den dunklen Weg von der Haustür zum Parkplatz vor dem großen Mehrfamilienhaus, wo ihr kleiner blauer Wagen schon auf sie wartet, bereit in die Partynacht mit ihr zu fahren.

Die kurze Fahrt zu Sanne und dann zusammen weiter zu ihrer Stammdiskothek verläuft in lautem Weibergeschnatter über das Abendoutfit und Männer, die sie beide in der Disco erwarten, die jede Woche dort sind und nach der passenden Frau Ausschau halten, jedoch aufgrund ihres Aussehens oder ihrer Art im Umgang mit Mädels wohl nie finden werden.
„Es gibt Typen, die gibt's gar nicht" prustet Sanne los und erzählt Jessy in belustigtem Ton, wen sie letzten Samstag kennengelernt hat.

„Weißt Du, er heißt Manfred – wie kann man denn schon Manfred heißen", Sanne lacht während sie erzählt, „und sieht aus als hätte Mama ihn persönlich angezogen. Weißt schon, so ein Schnösel in Bundfaltenhose und gestreiftem Strickpullover, und so geht der dann in eine Disco, ich dachte ich sehe nicht richtig! Und das einzige Gesprächsthema was er hatte war seine verstrahlte Exfreundin. Und dann wollte er noch meine Handynummer, aber da hab ich abgewinkt und gesagt er soll sie sich in seinen Allerwertesten stecken, ein Mamasöhnchen mit Exfreundinsyndrom kann ich jetzt wirklich nicht gebrauchen".

Wie offen und direkt Sanne immer ist, sagt was sie denkt und sich nicht einen Deut drum schert was andere von ihr halten, Jessy bewundert das. Wenn sie doch auch nur ein kleines bisschen von dem Selbstbewusstsein hätte, was Sanne an den Tag legt.

Jessy bringt das kleine blaue Auto mit einem apprubten Tritt auf die Bremse auf dem großen, dunklen Parkplatz vor der Dorfdisco zum Stehen. Die Türen werden aufgestoßen, Jacken ausgezogen und ins Auto gelegt, Jessy zieht nervös ihre Hose noch ein Stückchen höher, damit diese nicht gleich wieder über ihre etwas zu üppig geratenen Hüften nach unten rutscht.

Sie hakt sich bei Sanne unter und geht erwartungsvollen Schrittes mit ihr zum Discoeingang.

Die Türsteher begrüßen die zwei Stammgäste mit einem fröhlichen Lächeln und schon empfängt sie ein Schwall warmer Luft, dämmeriges Licht und das Wummern der Bässe.

‚Wie schön das doch ist und wie sehr ich mich die ganze Woche auf diesen einen Abend freue', geht Jessy durch den Kopf während sie an der Kasse ihren 20-Euro-Gutschein zeigt und den Eintritt bezahlt.

„Oh ne" sagt Sanne, verdreht genervt und ein bisschen angeheitert die Augen, und zupft Jessy auffällig am Ärmel, „da vorne steht der dicke Gregor, da müssen wir gleich mal hin. Und der Porno-Paule ist auch dabei, das wird ein Spaß!"
Gregor hat die beiden schon gesehen und breitet sofort seine wuchtigen Arme aus, drückt Sanne und Jessy lange und fest an seine breite Brust, gerät dabei fast außer Atem.

‚Porno-Paule' hat wie immer schon einiges an Alkohol getrunken, schwankt ein wenig und lässt leicht lallend einen seiner tollen Sprüche los: „Ich wär so gern Dein Tampon, Sanne, dann würd ich immer in Dir stecken". Grinst leicht schräg, seine Augen ruhen auf Sannes üppigem Ausschnitt, und hofft sichtlich auf eine Reaktion, die auch nicht lange auf sich warten lässt: „Ihhhgitt!" rufen beide Mädels und drehen angeekelt den Kopf in alle Richtungen, „Du bist so widerlich Porno-Paule, Du trägst Deinen Namen zu Recht!"

Porno-Paules Grinsen wird noch breiter und auch Gregor kann sich ein breites Lachen nicht verkneifen, der kennt seinen besten Freund und seine immer gleich schlüpfrigen Kommentare.

„Also wir gehen jetzt einen Tequila trinken" schreit Sanne Gregor ins Ohr, schnappt sich Jessy und zieht sie durchs Discogetümmel zur oberen Bar, wo sie sich sofort den Barkeeper schnappt und für jeden der beiden Mädels Tequila und Wodka-Energie bestellt.
„Die nächste Runde zahlst Du, Jessy, und dann gehen wir tanzen, ich bestell gleich noch unser Lieblingslied beim DJ, aber jetzt erst mal Prost!" hält Sanne ihr ein kleines Schnapsglas hin auf dem eine halbe Orangenschale liegt und darauf wartet heruntergenommen und nach dem Leeren des Glases gegessen zu werden.
Jessy kippt den Alkohol in einem Schwung in ihren Mund, spürt das angenehme Brennen und die Wärme darin und in der Kehle, schüttelt sich kurz und beißt in ihre Orange.
Mit einem lauten Knall, der allerdings bei der ohrenbetäubenden Musik gar nicht zu hören ist, landet das leere Schnapsglas auf dem Tresen.
Die Leute um Jessy herum schubsen und drängeln um einen Platz an der Bar ergattern zu können, doch es stört sie nicht, der Alkohol wärmt und löst sie schon ein klein wenig, sie genießt die Wärme um sich herum und das Lachen der Diskogäste, die laute Musik und die Atmosphäre. Sie reckt den Kopf aufgeregt nach links und rechts, versucht irgendwo einen hübschen Kerl ausfindig zu machen, den sie nicht kennt, der vielleicht DER Traummann ist, doch außer altbekannten Gesichtern kann sie kein neues entdecken.
Sie beschließt noch eine Runde Tequila zu bestellen, während Sanne zwei Meter weiter mit einer Freundin am Kichern ist, die sie gerade entdeckt hat.
Der Barkeeper zwinkert ihr zu, Jessy lächelt etwas schüchtern zurück.
‚Arroganter Schnösel' denkt sie, ‚glaubst auch Du bist der tollste hier, keinen Arsch in der Hose und dürr wie ein Ast, aber Hauptsache der große Macker'.
Sie beschließt, dass sie Lust hat zu tanzen, da der Männermarkt bisher noch nicht wirklich etwas zu bieten hat, geht mit den Getränken zu ihrer Freundin, streckt ihr ein Glas entgegen und gemeinsam stoßen sie an, ein Lachen auf den Lippen, gelöst und fröhlich und in freudiger Erwartung dessen, was ihnen der Abend noch zu bieten hat.

5

Ich weine und weine und weine, Tränen laufen unaufhaltsam meine Wangen hinunter, ein Strom, der nicht aufzuhalten ist.

Er hat durchgehalten, hatte keinen Rückfall, hat trotz der Schmerzen und des Unwohlseins nicht mehr zugegriffen, war sogar ehrlich zu mir, als ich ihn gefragt hab ob er noch einmal über einen letzten Schuss vor der Therapie nachdenkt. Ja, er denke darüber nach, aber er wolle weder die Therapie noch mich aufs Spiel setzen.

Panisch war ich zuerst, weil er dran denkt, weil diese Nebenbuhlerin Droge noch so sehr in seinem Kopf ist, dass er überhaupt wirklich nochmal daran denkt sich ein letztes Mal das Heroin in die Adern zu jagen, der Sucht noch ein letztes Mal nachzugeben, die Gier auf dieses scheinbar unendliche Glücksgefühl noch immer in seinem Kopf und in seinem Blut pulsiert.

Dann einfach nur froh, dass er wieder einmal ehrlich zu mir war, dass er sich überwindet mir zu sagen was in seinem Kopf vor sich geht.

Und dann letztendlich glücklich, dass ich so einen hohen Stellenwert habe, dass er seine Sucht für MICH bekämpft und darauf verzichtet zur Droge zu greifen, weil er MICH nicht verlieren will.

Ich hab ihn heute gegen Mittag zu seiner Therapieeinrichtung gefahren, viele Kilometer auf den Tacho gebracht hinein ins tiefste Land, es ist ein schwerer Abschied für mich gewesen, voller Hoffnung, voller Trennungsschmerz.

Dieser Schmerz, der mich auffrisst, der meinen Körper schüttelt, sich in der Brust ausdehnt, sich ins Herz bohrt, bis man keine Luft mehr bekommt, der einen nicht mehr denken lässt, sich ins Gehirn bohrt und dort alles verschlingt, bis man nur noch ein einziges, großes Gefühl des Zerspringens hat.

Ich wiege mich vor und zurück, immer im gleichen Rhythmus, beständig und irgendwie beruhigend, dieses Wiegen gibt mir Halt während die Tränen laufen und sich nicht stoppen lassen, der Rotz durch die Nase nach unten läuft und ich schon gar keine Luft mehr bekomme. Mein Körper wird geschüttelt von Schluchzern, leises Wimmern dringt durch meinen Mund nach draußen, wird größer, lauter, geht über in ein lautes Schreien und Jammern.

Ich bin allein.

Seine Sachen sind mit ihm in der großen, roten Tasche 80km weit weg. Für lange Zeit. Unerträglich lange Zeit.

Ich weiß nicht, wann ich seine Stimme wieder hören werde, wieder eine Sms von ihm lesen werde, da Handys in den ersten Monaten im Haus nicht erlaubt sind. Ich weiß nicht, wie viele Wochen ich Tim nicht sehe, nicht spüre, nicht riechen, schmecken und fühlen kann und die Sehnsucht und Liebe zu ihm scheint mit einem Mal so überwältigend zu sein, dass sie mich fast erdrückt, mir den Atem nimmt.

Diese Liebe zu ihm hatte ich nie gedacht jemals in meinem Leben noch finden zu dürfen, eine Liebe, die so groß ist, so voller Gefühl, die mich ruhig sein lässt in seiner Nähe, mich Geborgenheit finden lässt, mir das Gefühl gibt ich bin endlich – nach langer Reise – zuhause angekommen, habe meine zweite Hälfte gefunden, nur mit ihm bin ich vollständig.

Ja, ich fühl mich schrecklich allein, ich fühle mich, als hätte man einen Teil von mir weggerissen, weggesperrt, ich fühle mich leer, schrecklich leer und alleine. Lautstark ziehe ich den Rotz in die Nase und wische mit meinem Ärmel die Tränen weg, sehe mit verschleiertem Blick nach draußen auf den strahlenden Sonnenschein, auf diesen wunderschönen Tag und bekomme eine unbändige Wut. Wie kann Gott mir an diesem schrecklichen Tag, an dem ich mein Puzzlestück hergeben musste, die Sonne schicken, diesen Tag so perfekt aussehen lassen während in mir die Hölle tobt, sich Stürme entfesseln und mit aller Gewalt auf mich einpeitschen.

Wie kann Gott mir eine Liebe schicken, die so groß ist, dass man sie kaum beschreiben kann, die einen so einnimmt, alles so mit Glücksgefühlen belegt, dass man den Schleier des Glückes kaum ablegen kann, die Gefühle nicht ausdrücken kann, sie nicht mit Worten beschreiben sondern nur zulassen und leben, in vollen Zügen.

Eine Liebe, die auf der anderen Seite so schmerzhaft ist, dass einem manchmal selbst das Leben schwer fällt, die immer wieder demütigt und drückt, die einen von einer Sekunde auf die andere so tief fallen lässt, dass es einem die komplette Lebensenergie kostet um aus diesem dunklen Tunnel auch nur ansatzweise wieder ans Licht zu kommen.

Und beides ist so unerträglich stark, so unerträglich präsent – zwei Herzen schlagen, ach, in meiner Brust – verstärken sich gegenseitig, Kummer und Glück, Fröhlichkeit und abnormale Trauer.

Ich atme tief durch und wische mir mit dem Handrücken die letzten Tränen von der Wange, bin plötzlich ganz ruhig, so wie das Auge eines Tornados, in meinem Kopf und in meinem Herzen tobt der Sturm, aber ich bin nicht fähig das zu fühlen, bin wie in Watte, gefühllos, gedankenlos, sitze nur da und starre leer vor mich hin.

Mein Leben scheint mir keinen Sinn mehr zu haben, mein Alltag hat seine Farbe verloren und ist nun grau in grau, Arbeiten, Kinder, kein Wochenende auf das ich mich freuen könnte, weil die Zeit ohne ihn sich anfühlt wie verschenkte Zeit. Meine Finger gleiten über die graue Jogginghose aus Baumwolle, schweben fast darüber, immer und immer wieder, ich fühle den Stoff, der so weich ist, sich so zart und weich und unheimlich gut anfühlt. Nichts höre ich um mich als das leichte Rauschen der Bäume im Garten und das fröhliche Zwitschern der Vögel, das mir wie Hohn in den Ohren klingelt und mich wieder in ein Loch der Verzweiflung, Hoffnungslosigkeit und tiefe Traurigkeit zurückführt.

Mein geliebter Tim

Ich habe Dich heut Morgen nach Fürstenhof gebracht, bist um halb elf auf Station gegangen.
Die letzten Tage waren ein hin und her, ich hab mich gefreut, dass Du noch eine Nacht bei mir bist, ich Dich noch eine Nacht spüren und riechen kann bevor Du weg bist für längere Zeit. Aber mir gings auch nicht so gut, wenn ich gesehen hab, dass Dich Dein Schnupfen quält, die Beine und der Rücken schmerzen.
Ich kann und will Dich nicht leiden sehen, obwohl es sich ja eigentlich noch in Grenzen hielt. Und ich hoffe, dass es Dir auch weiter gut geht! Obwohl ich mir manchmal gewünscht hätte, dass Du leidest. Kurze Momente nur, ist schon länger her, leidest für die seelischen Qualen die ich manchmal durch Dich hatte, weil Du plötzlich nicht mehr der warst, den ich kennengelernt habe. Leidest, dafür, dass mir mein Herz manchmal so schwer war, weil es all das nicht ertragen konnte und ich Dich doch so sehr liebe!
Leidest, weil Du uns auch das innigste was uns verbunden hat - dieses Verschmelzen und eins werden - einfach so genommen hast! Aber ich will nicht, dass Du leidest! Ich möchte, dass es Dir gut geht und noch besser geht - und das ohne diese verdammten Drogen!
Noch halte ich es ganz gut aus ohne Dich, wenngleich das Bett leer ist, kalt und ich Dich hier nicht spüre wo Du hingehörst - zu mir! Aber vielleicht soll das so sein, damit wir danach noch enger zusammen rücken. Eine Prüfung vielleicht? Viele, die seit 10 oder 20 Jahren zusammen sind und dann etwas vergleichbar Heftiges erleben, halten dem nicht stand.
Wir kennen uns jetzt etwas über ein Jahr - am 17.März - Samstag - wars genau, da ist es ein Jahr her, dass wir uns begegnet sind. Ich denke oft und gerne an unsere erste Begegnung und vor allem an unsere erste Nacht. Ich glaube wir waren beide total überwältigt, nur habe ich meine Gefühle erst ziemlich spät zugelassen. Das tut mir unendlich leid, ich kann es leider nicht mehr ändern. Aber ich habe keinen Tag bereut mich für Dich entschieden zu haben, trotz allem, an keinem Tag!

Das Einzige, was ich bereue, ist, dass ich mich nicht früher für Dich entschieden habe und dass ich zu naiv mit der ganzen Sache umgegangen bin.
Aber Zweifel und Vorwürfe machen das jetzt alles auch nicht besser, es ist wie es ist und ich sehe hoffnungsfroh in unsere Zukunft! Du gibst mir so viel Wärme und Sicherheit, Du bist - wie ich Dir von Anfang an gesagt habe - ein so wertvoller Mensch! Und ich glaube, das hast Du mittlerweile auch erkannt.
Bist Du glücklich mit mir? Reicht Dir ein "normales" Leben mit mir?
Das frage ich mich manchmal und habe Angst, dass es Dir nicht reicht, oder Dir das irgendwann zu viel wird.

Aber was soll das jetzt, ich bin froh, dass Du so stark bist, Du zeigst einen Willen, von dem sogar Deine Mama ein klein wenig überrascht ist. lach. Und ich kann Dir nicht oft genug sagen, wie stolz ich auf Dich bin!
Du packst das, das weiß ich!
Ich liebe Dich von ganzem Herzen und freue mich auf ganz bald, wenn ich Dich endlich wieder sehe!
Drück Dich ganz, ganz fest! Und jetzt schlaf ich, dann ist der erste Tag ohne Dich auch schon geschafft!
Ich liebe Dich, mein Leben, mein Tim!
Es ist so schön, dass es Dich für mich gibt! Danke!

Jessy

6

„Ne, das kannst Du jetzt wirklich nicht bringen, Jessy, wir sind gerade erst mal zwei Stunden hier, waren erst einmal auf der Tanzfläche und Du willst schon wieder heim gehen?"
Sanne sieht sie wutentbrannt und fassungslos an.
„Es tut mir wirklich leid Süße, aber irgendwie ist das nicht mein Abend. Ich mein, ich habe mich so gefreut, ich weiß, aber Du bist ständig hier und da und schwirrst wie ein Derwisch durch die Disco, es ist sonst niemand da den ich kenne und die Männer – naja, siehst ja selber, dass da nichts dabei ist was sich lohnt zu bleiben!" Jessy zieht ein frustriertes Gesicht zuckt mit den Schultern.
„Ich will einfach nur heim in mein Bett!"
Sanne stampft fast mit dem Fuß auf und sieht Jessy mit funkelnden Augen an:
„Heim in Dein Bett und wieder mal heulen oder wie?"
‚Ja, sie hat ja recht', Jessy liegt wirklich oft im Bett und weint, badet sich ein wenig in Selbstmitleid, weil sie niemals den Mann fürs Leben finden wird, weil sie so allein ist, ihre tiefen Gefühle mit niemandem teilen kann. Und ja, sie hat Recht, es ist schwachsinnig zu gehen und zu weinen, aber was will sie denn hier, mit dieser Fröhlichkeit um sie herum, wenn sie doch nur das Alleinsein spürt und heute schlimmer als an anderen Tagen.
Jessy beschließt noch einen Kompromiss einzugehen, sich und Sanne und dem Abend noch eine winzige Chance zu geben.

„Hör zu Sanne, wir gehen jetzt auf dem Rauchertreppchen noch eine letzte Zigarette zusammen rauchen und wenn ich dann immer noch gehen will dann geh ich und verderb' Dir wenigstens nicht den Abend, ok!?"
„Gut, abgemacht" Sanne wechselt sofort zurück auf „fröhlich" und „happy" und packt Jessy an der Hand. Sie zieht sie hinter sich her in Richtung Raucherbalkon, schiebt sich durch die schwitzenden Körper, vorbei an kleinen, großen, dicken und dünnen Menschen, die alle unterschiedlich sind, unterschiedlich aussehen, riechen, schauen.
Sie kommen vorbei an einem klein geratenen, dunkelhaarigen und sehr schmächtigen Typen, der an die Wand gelehnt steht, die Arme vor der Brust verschränkt, ziemlich überheblich drein schaut und den linken Fuß ein ganzes Stück weiter in den Weg hinein streckt als es normalerweise üblich wäre.
Sanne tritt mit voller Wucht auf den Fuß, der Kerl hüpft wie Rumpelstilzchen laut schimpfend umher, aber Sanne lacht nur, hebt die Arme und tut so, als würde sie bei der Musik nicht hören, was er von sich gibt.
Trotz ihrer miesen Stimmung muss Jessy lachen, so lachen, dass ihr fast schon die Tränen kommen und sie Angst hat, dass ihre ganze Wimperntusche verschmiert, als beide ihr Ziel erreichen. Die kalte Luft strömt ihnen entgegen und kühlt Jessys verschwitztes Gesicht und die von der Hitze der Disco geröteten Wangen.
Viel Platz sich zu bewegen hat sie hier nicht, die Raucher stehen dicht an dicht und rempeln sich beim ständigen Rein und Raus immer wieder gegenseitig an. Trotzdem mag sie diesen Platz, mag sie die frische Luft und das Gefühl tief durchatmen zu können, sich von der stickigen Luft im Inneren der kleinen Discothek zu befreien.
Sanne ist schon wieder mit irgendwelchen Bekannten beschäftigt und kichert und lacht.
Währenddessen nützt Jessy die Gelegenheit, lehnt sich mit gekreuzten Armen leicht über die Brüstung des Balkongeländers und sieht sich das bunte Treiben an der Tankstelle gegenüber der Disco an. Dort ist der Treffpunkt für viele Jugendliche hier am Ort, die keine Lust auf laute und stickige Luft haben und einfach nur ein wenig abhängen wollen, große getunete Autos werden hier gezeigt, fahren vor und wieder weg, der Nachtwind weht leise das Lachen der Leute herüber, die vor dem Eingang der Tankstelle ihre Getränke zu sich nehmen oder einfach in Gruppen zusammen stehen. Fast wirkt es wie eine eigene Welt, die kleinen Menschen von hier oben, sich über Themen unterhaltend, die Jessy nicht kennt, die lachen oder sich bewegen, von einem Bein aufs andere treten.
Jessys Zigarette ist zu Ende geraucht und sie beschließt sich bei Sanne zu verabschieden und sich vor dem Eingang ein Taxi zu rufen.
„Bye" sagt Sanne kurz und drückt Jessy fest an sich, sie weiß genauso gut wie Jessy, dass es keinen Sinn hat Reisende aufzuhalten. Und schon wieder ist sie im Gespräch mit ihren Bekannten versunken und Jessy dreht sich um, schiebt sich

durch die Raucher hindurch zur Eingangstür in die Disco, die sie gerade durchschreitet als sie am Arm gezupft wird.
Ein Typ mit blonden, kurz rasierten Haaren, Dreitagebart und einem leichten Grinsen sieht ihr ins Gesicht.
„Sag mal Du bist doch die Jessica Gruber, oder!?" sagt er und sieht sie an.
„Ja" grinst Jessy, „so ganz stimmt das nicht, ich heiß mittlerweile nicht mehr Gruber sondern Kramer und hab zwei Kinder! – Bin aber getrennt lebend" setzt sie noch schnell hinzu und ihr fällt auf, dass sie den Kerl schon aus ihrer Jugend vom Sehen her kennt. Der sah damals schon gar nicht schlecht aus, hatte lange Haare wie zu der Zeit üblich, war aber leider damals zu schüchtern um mit ihr zu reden, deswegen hat sie ihn immer nur „gesehen". Und hatte sie ihn nicht letzte Woche schon in dem großen Einkaufszentrum gleich um die Ecke neben der Kasse entdeckt, aber gleich wieder weg gesehen als ihr auffiel, dass sie ihn hübsch fand?
„Und Du bist der Tim Winkler, oder?" grinst sie ihn verlegen an und kann ihren Blick gar nicht mehr von seinen faszinierenden, tiefen, grünen Augen lassen.

7

Die Kinder in die Schule und in den Kindergarten bringen, dann zwei Stunden arbeiten, Mittagessen machen und die Kinder wieder abholen, nachmittags zu meiner Mutter fahren und wieder arbeiten, abends die Kinder abholen und ins Bett bringen und endlich Ruhe und auf die Couch. Ob ich heute wohl etwas von Tim höre?
Er hat beim Abschied gesagt er meldet sich sobald er kann, also wird er das auch tun. Ob er wohl genauso oft an mich denkt und mich so schmerzlich vermisst wie ich ihn? Ich weiß nicht, wie ich diese Lücke in mir und meinem Leben füllen soll, die er mir hinterlassen hat.
Eine riesen Lücke, die sich anfühlt wie ein schmerzendes Loch im Zahn, immer wieder keimt der Schmerz auf, wenn die Luft durch das Loch zieht oder Nahrungsmittel zu nah an die bakterieninfizierte Stelle geraten, zieht durch den Mund und den ganzen Körper, wie die Leere, die von meinem Herzen durch den Magen und den Kopf schweift und schmerzt, überall sticht wie tausende, winzige, tiefe Nadelstiche.
Ich brauche jeden Tag Unmengen an Energie um mich und den Alltag am Leben zu halten, um agieren zu können und für meine Kinder da zu sein, für meine Kinder, die mich brauchen, die noch so klein sind und die Liebe ihrer Mama brauchen, die oft mit dem Kopf und mit dem Herzen so weit weg ist.
Und auch das schmerzt mich.
Dass ich meine Liebe zu diesem Mann und die Liebe zu meinen Kindern nicht vereinbaren kann, dass die Liebe zu diesem Mann alles beherrscht, mich

einnimmt und ausfüllt, so dass ich den Kopf nicht frei habe für die bedingungslose Liebe meiner Kinder, die sie mir jeden Tag entgegen bringen. Meine gequälte Seele drückt auf meinen Körper, ich habe Bauchschmerzen und mir ist übel, meine Extremitäten fühlen sich an als wäre ihnen jegliche Energie abhandengekommen, sind schwach und kraftlos, müssen mit außergewöhnlicher Anstrengung dazu gezwungen werden sich zu bewegen, morgens Brote zu schmieren und tagsüber meiner Arbeit nachzugehen.
Ich arbeite als Kosmetikerin, habe täglich mit vielen Menschen zu tun und auch das ist mir alles zu viel. Ich kann nicht über meinen Kummer reden mit meinen Kundinnen, das ist alles viel zu privat, ich muss mich verstellen, fröhlich und professionell sein, mir ihre Sorgen, Nöte und Geschichten anhören und es erschlägt mich von Tag zu Tag wieder aufs Neue. In mir herrscht ein Gefühlschaos vom Feinsten und nach Außen muss ich meine Frau stehen, selbstbewusst sein und stark.
Ich sitze auf meiner kleinen Terrasse, sehe mir rauchend die ziegelroten Bodenfliesen an, von denen einige schon rissig sind, greife hin und wieder nach meiner Tasse Kaffee, die ich mir eben frisch aufgebrüht habe und versuche die letzten paar Minuten Ruhe zu genießen, die ich noch habe bevor ich meine Kinder wecken muss.
Panik überfällt mich kurz bei dem Gedanken daran, was ich jetzt dann alles zu erledigen habe und es scheint mir alles zu viel für einen Menschen um all das erledigen zu können. Viel zu viel, obwohl es nicht wirklich viel ist, wie ich einsehen muss.
Ich habe Angst keine Kraft dafür zu haben, keine Kraft dafür, das Toastbrot in den Toaster zu stecken und die Milch in die Tassen zu gießen, die Butter auf die Brote zu schmieren und dann das Kakaopulver in die Tassen zu löffeln.
All das erscheint mir alles so schrecklich schwer, so unmöglich für mich zu erledigen, dass ich schon beim Gedanken daran all das jetzt gleich erledigen zu müssen völlig überfordert bin und mir Tränen vor Verzweiflung in den Augen stehen.
Mein Blick wandert auf das grüne Gras, das meinen kleinen quadratischen Garten füllt, das jetzt ein sattes Grün bekommen hat und bald geschnitten werden muss, Klee hat sich schon angesiedelt und bald werden die Bienen wieder über die Wiese summen und ihre Pollen sammeln.
Ich beneide diese kleinen Geschöpfe, die nichts von Liebe kennen, von Gefühlen, von seelischen Schmerzen, die nur agieren ohne zu denken. Doch auch dieses Leben will ich nicht, ich will nur dass endlich alles gut wird, dass ich meinen Tim wieder bei mir habe, sauber und clean und seine Gedanken endlich um mich kreisen, er mir das zurück gibt, was ich ihm in den letzten Monaten entgegengebracht habe, an Liebe, an Unterstützung, an Halt und Kraft, so viel Kraft, dass sie mir nun selber fast ausgeht.
Er war immer da, hat mir anfangs sehr viel entgegengebracht, es war so perfekt dass es schon fast unvorstellbar war, gekämpft hat er um mich, mir immer und

immer wieder gezeigt, dass ich vertrauen kann, dass ich Liebe zulassen darf und dass diese Liebe nichts Schlechtes oder Verletzendes ist. Aber seit er zwei Monate nach unserem Kennenlernen wieder drauf gekommen ist auf seine Droge, seitdem ist überwiegend alles anders. Körperlich war er immer da bei mir, aber seine Gedanken waren so oft woanders, man spürt das ja, seine Aufmerksamkeit nicht bei mir, wie heißt das bei Grönemeyer „streichelt mich mechanisch, völlig steril", ja er konnte mir nur noch selten so richtig zeigen wie sehr er mich liebt. Aber diese Momente, in denen er es mir gezeigt hat, so richtig und von Herzen, diese Momente sauge ich auf wie ein Schwamm und speichere sie in mir um nur ja nicht zu vergessen wie sich das anfühlt.

Die Momente, wenn ich mit Tim im Bett lag, er mich streichelte, in den Arm nahm, mir sagte wie sehr er mich liebe und brauche, dass ich seine Traumfrau bin und er sein Leben mit mir teilen will, er nie gedacht hätte diese Liebe bei einer Frau zu finden, diese Momente sind mir wertvoller als jeder Goldschatz dieser Welt.

Ich brauche kein Geld, keinen Reichtum, das einzige was ich brauche ist Tims Liebe.

Sie ist da, aber auch so unendlich weit weg, ich konnte sie die letzten Monate nicht leben und jetzt kann ich es auch wieder nicht. Und dennoch ist meine Hoffnung so groß, dass sie mich beinahe erschlägt. Meine Hoffnung, dass Gott weiß was er tut und diesen Mann stark sein lässt für mich, dass er diese Liebe nicht zerstört sondern zu einem Happy End führt.

Ein Blick auf die Uhr zeigt mir, dass es Zeit wird die Kinder zu wecken, mich aufzuraffen und die starke Mama zu spielen, die meine Kinder brauchen.

Also stehe ich von meinem Plastiksessel auf, der knarrend über den Boden rutscht, und drücke die Terassentür auf, auch dieser Handgriff scheint mir so unendlich schwer und so viel meiner Kraft zu kosten wie ein Bergaufstieg.

„Hallo Mama" kommt mir meine verschlafene kleine Tochter entgegen und mir steigen die Tränen in die Augen als ich sie ansehe und weiß, dass sie mich und meine Liebe so sehr benötigt und ich doch so unfähig bin ihr diese auch ansatzweise in dem Maße zu geben, wie sie es verdient hat.

8

„Sollen wir was trinken gehen?" fragt Tim sie und Jessy weiß vor lauter Nervosität gar nicht was sie sagen soll, nestelt verlegen an ihrem Shirt, spürt den weichen, fließenden Stoff mit ihren Fingerspitzen.
‚Wie macht man das nur ohne sich lächerlich zu machen' fragt sie sich und nickt einfach in Tims Richtung in der Hoffnung, dass er es wahr nimmt und ihr weiter den Weg zeigt, wie zwei Menschen unterschiedlichen Geschlechts in der Kennenlernphase normal miteinander umgehen.

An der Bar ergattern sie zwei Barhocker und setzen sich nebeneinander, Tim erzählt viel und das löst die Stimmung ungemein. Er will ehrlich zu ihr sein, sagt er, legt voll los, was er die letzten Jahre alles getrieben hat, dass er voll auf Droge war, wegen des immer weiter steigenden Konsums aus Geldnot und Verzweiflung das Heroin dann schließlich als Dealer unter die Süchtigen gebracht hat und deswegen drei Jahre im Gefängnis saß, aber das ist vorbei, damit hat er nichts mehr zu tun, das ist Vergangenheit, aber die gehört halt auch zu seinem Leben.

Sie hört ihm zu, kommt sich vor wie in einem fremdartigen Film, genießt es aber mit ihm zu flirten, ihm in die Augen zu sehen, bestellt eine weiter Runde Tequila und ist so gelöst und freudig wie schon lange nicht mehr. Nichts um sich herum nimmt sie wahr, sieht ihm nur in die Augen, die er immer wieder niederschlägt, auch beim Anstoßen kann er ihr nicht in die Augen sehen, aber sie denkt sich nichts dabei, freut sich einfach, dass da jemand ist, mit dem sie sich unterhalten kann, der sich für sie interessiert und so gut aussieht, dass es ihr fast die Sprache verschlägt.

Das ist ein schönes Gefühl. Ein wunderschönes. Ein unbegreifliches und lange nicht erlebtes Gefühl.

Jessy lacht immer wieder, der Alkohol setzt ihr schon ganz schön zu und sie schlägt vor noch eine Zigarette rauchen zu gehen, die frische Luft wird beiden sicherlich gut tun und die Sucht nach dem Nikotin ruft.

Sie steht auf, schiebt den Barhocker energisch beiseite, schwankt ein klein wenig aber sie hat sich noch gut im Griff, obwohl sie schon ziemlich verschwommen sieht. Tim scheint zu merken, dass sie nicht mehr so sicher steht und greift nach ihrer Hand, die sich fest, warm und weich und wie das Normalste auf der Welt anfühlt, führt sie durch die Menschenmassen und die Hitze nach draußen auf die Raucherterasse. Es ist etwas leerer dort geworden seit sie zuletzt mit Sanne dort gestanden hat und sie atmet die frische Luft tief ein und aus, ihre Lungen saugen sich voll und der Sauerstoff steigt ihr ein wenig schwindelnd in den Kopf und lässt sie den Alkohol noch ein wenig mehr spüren. Sie fühlt sich leicht und beseelt, greift nach ihren Zigaretten, steckt sich eine davon in den Mund und möchte nach ihrem Feuer suchen. Doch Tim ist schneller, kommt ihr zuvor und lässt klickend sein Zippo aufspringen. Jessy genießt seine Aufmerksamkeit lächelnd und sieht ihm mit dem Rücken ans Geländer gelehnt interessiert zu wie er einen Beutel Tabak aus der Hose zieht, ein Paper zwischen den Händen haltend den Tabak und einen kleinen Filter zu einer Zigarette dreht, das Paper mit flinker Bewegung ableckt und sich die fertige Kippe in den Mund steckt.

Der Rauch der Selbstgedrehten fliegt ihr in die Nase und der Geruch setzt sich fest, verbindet sich in ihrem Gehirn mit Glücksgefühlen und Leichtigkeit, mit Kribbeln im Bauch und Losgelöst sein.

Er steht da, den Kopf leicht auf die Seite geneigt, sein Blick ist tief und nachdenklich, er ist ihr sehr nah, berührt mit seinem Arm den ihren und sie kann die Wärme spüren, die von ihm ausgeht.
Fast spürt sie die Farbe seines Pullovers, wenn man Farbe denn spüren kann, nimmt in ein paar Sekunden bewusst alles wahr was mit ihm zu tun hat, sie riecht sein Parfum – kein typisches Männerparfum – leicht und ein klein wenig herb, aber frisch und nicht süßlich, es ist ein erotisierendes Parfum, das ihr in die Nase steigt und sich in ihrem Gehirn als bleibende Erinnerung festsetzt.
Sie nimmt die Menschen um sich herum nicht wahr, nur das Gefühl in sich, diese Glückseligkeit die sie überwältigt, sie lässt sich leicht gegen ihn sinken, spürt seine Wärme noch mehr und fühlt sich plötzlich aus einem unerfindlichen Grund unendlich geborgen.
Tim legt seinen Arm um sie, ihr wird heiß im Kopf, eine Hitze, die im Nacken hochsteigt und ihren Kopf ausfüllt, sie nicht mehr denken lässt.
Da ist nur noch Gefühl in ihr, die Spannung, die seine Berührung verursacht. Ihre Zigarette hat Jessy vergessen, sie verglüht in ihrer Hand, ebenso hat sie vergessen, dass sie mitten unter vielen Menschen auf einem Balkon steht der zu ihrer Stammdisco gehört, sie hat vergessen, dass sie diesen Menschen gerade kennen gelernt hat und nichts von ihm weiß außer seiner Vergangenheit der letzten zehn Jahre, die sie davon abhalten sollte sich näher auf ihn einzulassen. Aber sie fühlt so eine überwältigende Ruhe in sich, neben dem Kribbeln und aufgeregt sein das sich in ihrem Bauch breit macht, sie fühlt die Zufriedenheit die man hat, wenn man von einer langen Reise nach Hause kommt und weiß, dort ist man sicher und aufgehoben, hier kann einem nichts und niemand etwas, nichts kann einem passieren, man ist geschützt und geliebt.
Tim drückt sie mit ein klein wenig Nachdruck an seine Brust, sie kann seinen Herzschlag durch den leicht kratzigen Pullover spüren und das Waschpulver und seinen Körperduft wahrnehmen, das jedem Kleidungsstück seinen ureigenen Geruch gibt und jedem Menschen seinen individuellen Geruchsstempel aufdrückt. Ihre Finger lösen sich und sie lässt die Zigarette einfach auf das Gitter des Terassenvorsprungs fallen, sie fällt hindurch auf den weit entfernten Erdboden unter ihnen, glüht dort weiter vor sich hin.
Jessy reckt das Kinn nach oben, Tims Gesicht ist ihrem jetzt ganz nah, sie kann seinen Atem auf ihrer Nase fühlen, sie kann ihn riechen und es fühlt sich so gut an. Seine Lippen sind voll, nicht zu groß, aber noch nie hat sie einen so wundervoll perfekten Mund gesehen, noch nie haben ihr Bartstoppeln und der Druck kräftiger Arme so gut gefallen wie in diesem Moment Tims.
Langsam neigt er den Kopf weiter in ihre Richtung, seine Lippen berühren die ihren und sie ist wie elektrisiert, Strom fließt durch ihren Körper, kribbelt in ihren Füßen nach oben, in einer Geschwindigkeit und Intensität wie sie sie lange nicht erlebt hat, sie schmeckt Tims Wärme und wird fast schwindelig davon, presst sich an ihn, will mehr, will sich in seiner Berührung verlieren und einfach nur fühlen, jeder Gedanke ist in dieser Situation zu viel.

Sie ist wie Wachs in seinen Händen, der Alkohol, die frische Nachtluft, seine Berührung und Wärme lässt ihr Herz schmelzen, lässt sie im Glückstaumel schwelgen, alles um sie herum vergessen und nur den Augenblick genießen. Ihre Lippen öffnen sich und ganz langsam tastet seine Zunge sich nach ihrer vor, sie schmeckt seinen Speichel, so süß wie der süßeste Nektar den die Natur hervorzubringen vermag, noch nie in ihrem Leben hat sie so etwas Gutes geschmeckt, noch nie hat ihre Körper so ein Eigenleben entwickelt, sie presst sich an ihn, will mehr, mehr und immer noch mehr von ihm.
Tims Augen sind geschlossen und seine Hände gleiten ihren Rücken langsam nach oben bis sie ihren Nacken ergreifen und sich in ihr Haar wühlen. Auch er scheint vergessen zu haben wo sie sich befinden, scheint nur den Augenblick zu genießen in dem sie sich so nah sind, dass kein Blatt mehr zwischen ihre Körper passt.
Jessys Hände streichen vorsichtig an den Seiten von Tims Pullover entlang, halten inne, schließen ein Stück seines Stoffes in ihren zu Fäusten werdenden Fingern ein, halten ihn fest, klammern sich an ihn als gäbe es kein Morgen.
„He Jessy, altes Haus, ich dachte du gehst nach Hause!"
Jäh wird sie aus ihrem Gefühlstaumel gerissen, löst sich von Tims Lippen, die sie immer noch auf ihrer nachspüren kann, sie leckt verschämt mit der Zunge seinen Geschmack von ihnen und sieht auf die Seite, wo Sanne plötzlich steht, die Hände in die Seiten gestemmt und sie frech anlächelt.
Jessy ist einen kurzen Moment verwirrt, weiß nicht wo sie sich befindet, ihre Gedanken müssen sich sortieren und wieder auf den Boden der Realität zurückkehren. Sie sieht Sanne an und eine leichte Röte zieht über ihre Wangen, die man in der Dunkelheit der Nacht aber zum Glück nicht sehen kann.
„Ja, ich wollte... ich hab aber..." stottert Jessy verlegen, ihre Hände immer noch in Tims Pullover gekrallt, als wolle sie dort Halt finden.
„Ne, ist doch kein Problem, schön dass Du doch noch da bist. Hast ja Beschäftigung gefunden, ich lass Euch dann mal lieber wieder alleine, gell!"
Sanne zwinkert mit ihrem rechten Auge und grinst in voller Breite.
Kurz drückt sie Jessys Arm bevor sie sich zwischen zwei Kerlen mit Elan hindurchschiebt und Richtung Eingang verschwindet.

9

So eine Scheiße.
Ich stehe da und frage mich wie man mit 28 Jahren so was von dermaßen unfähig sein kann. Vor mir auf dem Küchenfußboden liegt eine Tasse – kaputt und in tausend Scherben, der Kaffee überall verteilt.
Angst und Überforderung kriechen leise in mir hoch wie Schatten, morgens wenn die Sonne aufgeht. Es gruselt meinen Rücken hinunter, Lähmung macht

sich in mir breit, der Gedanke das nun aufwischen zu müssen überfordert mich so sehr wie die Vorstellung eines Marathonmarschs von Hamburg nach München. Ich kann meine Arme nicht bewegen, bin unfähig einen Schritt Richtung Spülbecken zu machen, geschweige denn die Türe zum Abfalleimer zu öffnen und die Kehrschaufel zu holen.
Ich weiß, ich muss das jetzt tun, sonst macht das keiner. Und ich weiß es kostet eigentlich keine Anstrengung, ist das normalste der Welt, aber ich kann mich immer noch nicht wieder bewegen.
Eine Mischung aus Wut auf mich und meine Unfähigkeit, tiefer Verzweiflung und dem Gefühl als völliger Versager dazustehen, macht sich in mir breit, ist übermächtig und treibt mir mal wieder brennend die Tränen in die Augen.
Heiß steigen sie in meinen Augenhöhlen hervor, drängen nach Außen mit einer Kraft, wie es wohl nur in schlimmsten Situationen der Fall sein kann, bilden langsam einen kleinen See an meinem unteren Augenlid, schwappen schließlich über und laufen in einem unaufhaltsamen Rinnsal in der Mitte jeden Auges über die Wangen bis zum Kinn, wo sie sich zu Tropfen sammeln und von dort auf den mit Kaffee überschwemmten Fußboden fallen.
Tränenkaffee.
Kaffeetränen.
Ich schreie. Ich schreie laut und denke mir gleichzeitig was wohl die Nachbarn sagen werden, wenn ich hier so ein Gebrüll veranstalte.
Das ist der Punkt an dem ich mich endlich aus meiner Starre lösen kann und die Hände zu Fäusten balle.
Ein Gedanke schießt mir durch den Kopf: Warum nur macht mich die räumliche Trennung von diesem Mann so unfähig mein Leben auf die Reihe zu bringen, warum macht er aus einer starken Frau eine so schwache Frau, die selbst die kleinsten Kleinigkeiten des Alltags nicht zu bewältigen vermag?
Ich sollte froh sein mir keine Sorgen mehr machen zu müssen um ihn, nicht ständig Panik zu haben, dass er aus irgendeinem Grund wieder zu Drogen greifen wird, ich sollte froh sein den Drang, in seinen Sachen nach Spritzen, Bahnfahrkarten oder sonstigen Hinweisen auf erneuten Drogenkonsum zu wühlen, nicht mehr haben zu brauchen.
Ich sollte froh sein Zeit für mich und die Kinder zu haben und Abstand zu gewinnen, mir Sachen zu gönnen von meinem Geld, von dem mir in den letzten Monaten vor der Entgiftung oft nicht viel geblieben ist, weil ich ihn auch finanziell unterstützt habe wo ich nur konnte.
Und wenn er mich ansah, bittend, mit diesen großen Augen, „Schatz, ich brauche dringend eine neue Hose" und kein Geld mehr auf dem Konto hatte weil seine laufenden Kosten das Arge Geld fast verschlangen, dann konnte ich einfach nie nein sagen und aus der Hose wurden noch ein T-Shirt, ein paar Schuhe oder sonst etwas. Oft war es für mich sehr knapp, musste mich von einer Woche zur anderen hangeln, mit 10 Euro für mich und die Kinder Essen kaufen. Selber Schuld, sag ich mir oft.

Sag nein, schlag ihm die Bitte ab.
Aber ich gebe eben so gerne, egal ob das Gefühl, Liebe, Zuneigung, meine Kraft und Stärke oder auch Finanzielles ist.
Ich gebe was ich kann und oft noch mehr. Weil ich liebe. Weil ich diesem Menschen gerne Geschenke mache, den ich liebe, weil ich mich für ihn aufgeben würde, ihn mehr liebe als mich selber.
Ich wische mir die Tränen aus dem Gesicht und reiße mir ein Stück Zewa von der Küchenrolle, um die Sauerei auf dem Boden aufzuwischen.
Reiß' Dich zusammen. Denk an Dich und Deine Kinder. Tim ist gut aufgehoben, es ist die einzige Chance mit ihm ein sauberes und normales Leben zu führen, ein Leben ohne aktive Sucht.
Die letzte und einzige Chance. Das sagt er selber ja auch.
Er weiß, dass es seine letzte Chance ist in ein cleanes Leben zu finden. Er ist über 30 Jahre alt und es ist seine zweite Therapie. Die erste hat er nach 3 Monaten abgebrochen, hat sie auch nicht für sich gemacht sondern weil er musste, und um diese zweite Therapie musste er fast ein halbes Jahr kämpfen, Gutachten machen lassen, Papierkram und etliche Telefonate erledigen, damit ihm diese doch noch bewilligt wird.
Er will, er muss, es ist die letzte Chance, eine weitere wird er nicht bekommen. Er arbeitet hart an sich, hart an seiner Situation, zeigt und sagt mir immer wieder wie wichtig ihm das Ganze ist. Dass er sich jetzt auf sich und die Therapie konzentrieren muss und ich verstehe das und stecke zurück. Wieder einmal.
Ich erzähle Tim nicht wie schlecht es mir ohne ihn geht, wie sehr er mir fehlt, wie schwer es für mich ist mein Leben ohne ihn auf die Reihe zu bekommen, jeden Tag die Kraft aufzubringen ohne ihn zu leben, mich nur mit kurzen Telefonaten zufriedenzugeben.
Ich möchte, dass er bei sich bleibt, nicht an meine Probleme und Gefühle denkt und doch – auf der anderen Seite – möchte ich ihm mehr als alles andere mitteilen wie sehr ich ihn brauche und liebe und wie groß diese Leere in mir ist, seit er gehen musste.
Niemals habe ich verstanden wie in Büchern geschrieben wurde über die große Liebe, die alles in einem vereinnahmt, die sich über Körper und Seele legt wie ein heller, fließender Schatten, die das ganze Leben und Denken bestimmt und einen Dinge tun lässt, die man niemals für jemanden getan hätte, für niemanden auf der Welt.
Ich dachte solche Gefühle gibt es nur in Filmen, Gefühle die so überschwänglich und tief und erfüllend sind, dass man in bestimmten Situationen nur noch ein einziges, überwältigendes, großartiges, glückliches und warmes Gefühl ist.
So muss es sein, wenn man die Droge in sich ausbreiten fühlt, sich einfach nur wohl fühlt, geborgen, zuhause, wie in Mamas Schoß. Nicht mehr denken kann, nur noch fühlen.
So hat Tim es mir einmal versucht zu beschreiben. Du spürst die Droge sich im Körper ausbreiten, nichts anderes ist mehr wichtig, nur das Gefühl der

Geborgenheit, geschützt und geborgen und geliebt, ohne Ängste, ohne Zweifel, ohne Sorgen, nur Glückseeligkeit wie ein Baby im Mutterleib. Und genauso geht es mir mit Tim. Er ist MEINE Droge. Er füllt mich aus, bestimmt mein Denken, mein Handeln, meinen Tagesablauf. Er sitzt in meinem Kopf, er macht mich zum glücklichsten Menschen der Welt wenn ich nur in seiner Nähe bin, und wenn er weg ist dreht sich mein Denken nur um ihn, ich möchte nur dieses Glücksgefühl wieder spüren, in ihm versinken, in seinem Blick, in seinen Berührungen und in seinem Dasein.
Tim ist meine Droge und ich bin abhängig von und nach ihm.
Ich weiß das, aber ich bin unfähig etwas dagegen zu unternehmen, vielleicht verstehe ich deswegen – trotz aller Verletzungen, Selbstqualen und Vertrauensbrüche – so gut, wie ein Drogensüchtiger tickt.
Nur hilft mir das weiter? Ich habe die Hoffnung und die Liebe, und das ist es, was mich am Leben hält, was mir täglich doch noch ein wenig Kraft gibt aufzustehen und weiter zu machen, ich lebe für Tim. Und für ein Leben mit ihm.
Ich muss lächeln, zwar nicht überschwänglich und so wie es sein sollte, aber immerhin ziehen sich meine Mundwinkel ein klein wenig nach oben und ich finde mit einem lauten Seufzer zu meiner Stärke zurück. Ein klein wenig zumindest. Bald werden wir uns wieder sehen. Bald darf ich ihn für vier ganze Stunden aus seinem Haus entführen und diese mit ihm verbringen. Ein Glücksgefühl durchströmt mich, wie ich es lange nicht mehr hatte. Ich werde ihn sehen! Und riechen und schmecken und anfassen dürfen.
Und ich fühle mich aufgeregter mit diesem Gedanken, als ein kleines Kind, das am Weihnachtsmorgen wartet, bis die Stunden verrinnen und es abends endlich seine Geschenke unter dem Christbaum findet und sie öffnen kann.
Hoffnung. Glaube. Liebe. Und Tim ist mein Weihnachtsgeschenk.
Wie gut es Gott doch mit mir meint...

10

Sie stehen Hand in Hand vor der Disco, Jessy schwankt, kramt mit der freien Hand in der Jackentasche nach ihrem Handy, um sich ein Taxi rufen zu können. Als sie es findet lässt sie Tims Hand abrupt los um es besser halten zu können, drückt ein Auge zu und sieht angestrengt auf das Display, auf die vielen Adressbucheinträge, die ihr vor dem Gesicht fast verschwimmen. Der Alkohol und der Sauerstoff vermischen sich zu einem explosiven Rausch in ihr, alles dreht sich und ihr ist schwindelig und beinahe auch ein klein wenig übel.

Tim scheint zu merken, dass sie es mit dem Trinken ein bisschen übertrieben hat und nimmt ihr das Handy aus der Hand, die es sofort los lässt ohne sich zu wehren.
Er sucht in Jessys Adressbuch nach der Nummer des örtlichen Taxiunternehmens und hält den Hörer an sein Ohr.
„Ok, ja, ich verstehe, ihr habt viel zu tun heute. Was? Eine ganze Stunde? Das soll jetzt aber ein Witz sein, oder!? Gut ok, wir melden uns nochmal. Tschüss."
Tim sieht sie mit einem Stirnrunzeln an: „Die brauchen eine Stunde bis sie da sein können. Zu Dir heim laufen ist ein bisschen weit, oder?"
„Hmm" macht Jessy und setzt hinzu: „Das ist wirklich zu weit und ich mag jetzt auch echt ins Bett, mir reichts".
Das „reichts" schleudert sie aus dem Mund wie ein Stück Dreck, so wenig hat sie ihre Zunge im Moment unter Kontrolle. Sie ist sich dessen bewusst, schämt sich dafür, aber kann sich nicht mehr so artikulieren wie ihr Gehirn es ihr vorgibt.
Tim streicht ihr sacht durchs Haar und schlägt ihr vor: „Wenn Du magst kannst Du auch bei mir schlafen, ich schlaf dann auf der Couch. Ich wohn nicht weit von hier, nur den Feldweg runter, dann sind wir gleich da!"
Jessy ist im Moment so ziemlich alles egal, Hauptsache sie kommt schnell in ein Bett, kann die Augen schließen und den Schlaf finden, der sie von diesem alkoholisierten Kopfkarussell befreit und sie wieder nüchtern macht. Der Rausch ist plötzlich so unangenehm erdrückend wie er vorher angenehm und schön war.
Tim steckt ihr das schwarze Handy wieder in die Jackentasche und nimmt sie energisch an der Hand. Auch er scheint etwas zu viel getrunken zu haben, aber Jessy kommt es so vor, als hätte er sich mehr als gut unter Kontrolle.
Warm ist es nicht gerade, jetzt im März wo die Temperaturen gerade so einiges über Null sind nachts. Aber Jessy spürt es nicht, der Alkohol und die beschwingte Stimmung, Tims Hand in ihrer und das schöne Gefühl nicht alleine zu sein, vermitteln ihr eine innere Wärme.
Sie muss immer wieder kichern zwischendurch, weil ihr bewusst wird, dass sie beide sich eigentlich kaum vom Fleck bewegen. Immer wieder zieht Tim sie zu sich hin, um sie innig und leidenschaftlich zu küssen. Schmetterlinge tanzen in ihrem Bauch und sie nimmt kaum wahr wo sie laufen und wie weit sie sich schon von der Discothek weg bewegt haben, so beschäftigt ist sie mit ihrem Rausch und den berauschenden Gefühlen in sich.
Als Tim vor einem Haus stopp macht und den Schlüssel aus seiner Jackentasche zieht wird es ihr allerdings einen kurzen Augenblick mulmig. Sie kennt ihn nicht gut genug, sie weiß nicht wo genau sie sich befindet und was noch werden wird aus dieser Nacht. Ihr Kopf dreht sich und ihre Gedanken vermischen sich im Dunst miteinander, finden keinen klaren Ausdruck. Also beschließt sie, das Denken sein zu lassen.
Sie stolpert Tim hinterher, zwei Stufen zu einer Eingangstür aus braunem Holz hinauf. Das Haus ist eine Doppelhaushälfte, so viel kann sie in ihrem Zustand

und der Dunkelheit der Nacht noch erkennen. Die Tür öffnet sich mit einem Ruck und Tim zischt ihr zu: „Die Treppen rauf und dann rechts, da ist das Wohnzimmer, ich komme gleich"
Gleich links neben der Eingangstüre befindet sich eine verwinkelte Treppe, die Jessy jetzt ganz leise versucht hinauf zu gehen, ihre Absätze scheinen allerdings so laut zu klappern als würde ein Elefant die Treppen hinauf laufen.
Auf dem Absatz oben bleibt sie stehen und dreht sich nach rechts um, wo sich zwei Türen befinden. Sie entscheidet sich für die linke der beiden und richtig – das ist die Tür zum sogenannten Wohnzimmer. Dunkler Teppichboden liegt dort, eine Couch an der hinteren Wand die schon etwas älter zu sein scheint und dort wo eigentlich Platz für eine Küchenzeile sein sollte, dort liegt eine große Matratze und Bettzeug.
Jessy seufzt, zieht sich die Schuhe, die schwarze Fleece Jacke und das Top aus, wirft alles einfach auf den Boden neben der Matratze ohne sich dessen so richtig bewusst zu sein.
Sie legt sich ins Bett und deckt sich mit der Daunendecke zu, merkt aber sofort dass ihr das zu warm werden wird und steht seufzend nochmal auf. Sie hält sich an der Wand fest um nicht zu stürzen, den Lichtschalter hat sie hier in diesem fremden Haus nicht gefunden.
Der BH lässt sich schwer öffnen und deswegen zieht sie sich das ganze Ding einfach über den Kopf, wirft es quer durchs Zimmer und muss gleichzeitig lachen, weil die Situation so komisch ist und doch so alltäglich für sie. Nur die Umstände sind nicht alltäglich.
Umständlich knöpft sie die blaue Jeans auf und fummelt sich leicht schwankend die Hose samt Unterwäsche gleich auf einmal über die Beine. Jessy ist nackt. Eigentlich sollte sie sich beschämt fühlen, sollte ein schlechtes Gewissen haben und sofort die Sachen packen und nach Hause gehen.
So Etwas macht man doch nicht. Einen fremden Mann nach Hause begleiten und sich komplett nackt ausziehen. Das bietet sich doch an, stempelt eine Frau ab. Als würde sie so etwas jeden Tag machen.
Stattdessen legt sie sich ins Bett, seufzt und wartete auf dem Bauch liegend, die Augen halb geschlossen und vor sich hin dösend bis Tim ins Zimmer kommt.
Tim kommt durch die Tür, macht ein Licht über der Couch an und sieht sich um. Er scheint überrascht zu sein, als er Jessy auf der Matratze liegen sieht und die Klamotten im gesamten Zimmer verteilt. Ein Grinsen überzieht sein Gesicht als er auf Jessy zugeht.
„Du bist mir ja eine, machst Du sowas immer?"
Nein, denkt sich Jessy, sowas hab ich noch nie gemacht.
Was sie dazu bewegt hat so über ihre Grenzen zu gehen kann sie sich nicht erklären, absolut nicht, noch niemals hat sie sich so offenbart vor einem Fremden, im Gegenteil, in solchen Situationen ist sie normalerweise ziemlich schüchtern, muss sich überwinden und überreden lassen um auch nur einen einzigen Schritt weiter zu gehen, bricht dann aber schon nach den ersten

Berührungen ab und flüchtet sich noch von der Disco aus nach Hause, ohne sich auch nur noch ein einziges Mal umzusehen.

Tim küsst sie zärtlich und sanft und sämtliche aufsteigenden Bedenken fallen über Bord, sie gibt sich einzig und allein seinen weichen Lippen hin, seinen Händen, die sachte über ihre Haut streichen und ihr zart durchs Haar fahren. Er sieht sie an wie ein Liebender, wie jemand, der einen schon sein ganzes Leben lang kennt und liebt, seine grünen Augen sind dunkel vor Begierde, seine Hand fährt durch ihr kurzes, schwarzes Haar, packt ein wenig fester zu und Wogen der Lust brechen über Jessy herein.

Sie schließt die Augen und lässt diese Gefühle zu, die durch den Rausch des Alkohols und der Gier auf diesen Kerl entstehen.

Tim berührt sie an Stellen, von denen sie niemals auch nur geahnt hätte, dass sie ihr Schauer über den Rücken laufen lassen, ein Glücksgefühl und eine Wohligkeit in ihr erzeugen und sie laut aufstöhnen lassen.

Die Welt um sie herum verschwimmt und das Zeitgefühl verliert seine Bedeutung, so sehr gibt sie sich dem Hier und Jetzt hin und der einzige Gedanke der sich in ihrem Kopf noch klar formen lässt ist ein winziger kleiner Satz: „Endlich bin ich zuhause angekommen!"

11

Die Musik ist laut, überschüttet mich zusätzlich mit Adrenalin und Vorfreude. Die Strecke zu Tims Therapiezentrum kenne ich nahezu auswendig, sie ist das letzte Ticken der Uhr, der Countdown zu meiner großen Erfüllung, ihn endlich in meine Arme schließen zu dürfen, ihn zu riechen, zu schmecken und wieder ein Ganzes zu sein.

Man spürt und riecht den Sommer zu dieser Jahreszeit sogar durch das geöffnete Autofenster hindurch, die Sonnenstrahlen blenden mich und treiben mir Tränen in die Augen. Allerdings diesmal keine Tränen der Traurigkeit und Wut, sondern Tränen der Freude und des großen Erwartens. Wieder einmal habe ich zwei Wochen Alltag hinter mich gebracht, hab mich zäh durch den Tag gekämpft und Zuflucht in den zwei Briefen gesucht die er mir in diesem Jahr geschrieben hat. Jedes Wort verschlungen und tief in meinem Herzen aufgenommen. Seine Worte gebannt auf Papier, die mir so vertraut und so wichtig sind, ein Schwur für unsere Zukunft!

„Niemals mehr werde ich Dich enttäuschen, ich hasse dieses scheiß Gift, das beinahe alles zwischen uns zerstört hat. Nie wieder werde ich dazu greifen und zulassen, dass es Dich und mich auseinander bringt. Ich brauche Dich, mein Schatz, wie die Luft zum atmen... Ich werde diese Zeit durchstehen für uns, damit wir ein normales und erfülltes Leben zusammen führen können, denn nichts

anderes ist mir wichtiger als ein normales Leben mit Dir! Es tut mir so sehr leid mein Schatz, dass ich Dir das alles angetan habe, dich verletzt und angelogen habe. Könnte ich es rückgängig machen, so würde ich es sofort tun, denn ich liebe Dich mehr als mein Leben..."
Habe alle seine Sachen um mich verteilt und dort Geborgenheit gesucht, in den Resten seines Parfums das noch in seinen Klamotten hängt, in seinem Schmuck, den ich an mir trage.
Das hält mich kurzzeitig über Wasser, diese Momente sind mir wichtiger als alles was um mich herum passiert. Ach wie schlimm kann diese Sehnsucht sein, die einem das Herz zerfrisst und die Seele bluten lässt, weil der zweite Teil seiner selbst so weit entfernt von einem ist.
Ich muss lautstark niesen, so sehr kitzeln mich die Sonnenstrahlen an der Nase. Laut lachend und von überschwänglichen Glücksgefühlen überwältigt hänge ich der Vorstellung nach wie das kommende Wochenende für Tim und mich sein wird. Ein ganzes Wochenende nur für uns allein, Nähe und Wärme und Geborgenheit, sein Duft um mich und die wohlige Wärme seiner Haut spüren, einfach nur endlich wieder eins miteinander sein – und Sex.
Der Sex mit Tim war von Anfang an etwas ganz besonderes, so intensiv gefühlt wie bei Tim hatte ich noch bei keinem Partner vorher. Ganz tief in mir nenne ich diese Momente DIE ERFÜLLUNG, weil es mehr ist als einfach nur pures körperliches Verlangen oder Befriedigung eines sexuellen Bedürfnisses. Der Sex mit Tim treibt mich in Höhen die ich nie dachte erklimmen zu können, er lässt mich atemlos werden und nicht mehr denken, nur noch fühlen und lieben und...
Ich freue mich so sehr auf ihn, dass ich vor lauter Gedanken nicht bemerke, dass hinter mir ein großes rotes Fahrzeug ziemlich dicht auffährt. Erst als ich die Lichthupe bekomme sehe ich auf meinen Tacho und erschrecke. Vor lauter Tagträumen bin ich statt der vorgegebenen 120 km/h locker mal eben nur 80 km/h gefahren. Ich trete aufs Gas und mein kleiner Blauer beschleunigt schnell für seine Verhältnisse auf die vorgegebene Geschwindigkeit, der Hintermann scheint zufrieden zu sein und somit bin ich es fürs erste auch.
Geschätzte fünf Kilometer Wegstrecke liegen nun noch vor mir und das Kribbeln im Bauch wird immer schlimmer, zieht hinunter bis in die Beine, macht sie schwammig, kriecht bis hinauf in den Kopf, der sich nun so wattig anfühlt wie nach einem Alkoholrausch am Wochenende. Tim wird schon unten an der Türe stehen wenn ich ankomme, wird mir ein bisschen schüchtern und trotzdem freudestrahlend entgegenkommen, mich in die Arme schließen und meinen Duft in sich aufnehmen als hätte er ihn noch nie zuvor gerochen. Bei diesem Gedanken verschwinden die beklemmenden Gefühle der letzten Wochen, die mich jeden Tag so tief nach unten gezogen haben und mich in meinem Alltag schwimmen ließen, mir den Rettungsring genommen haben und mich taumeln ließen in einer Welt, die mit ihrer Dunkelheit nicht meine zu sein schien.
Ich biege in die Zufahrtsstraße zum Therapiezentrum ein, mein Herz klopft so schnell wie vor einer Achterbahnfahrt und mein Blutdruck springt in ungeahnte

Höhen, als ich in der Einfahrt des alten Hauses eine Person stehen sehe, die nur Tim sein kann.

Mit zittrigen Händen parke ich mein Auto auf einem der für Besucher vorgesehenen Parkplätze. Der Platz links von mir ist schon von einem grauen Opel besetzt, der auch bei meinem letzten Besuch schon dort stand. Ob das wohl auch eine Partnerin ist, oder doch eine Mutter, die ihren drogenabhängigen Sohn besucht – wie alle anderen Besucher hier, in der Hoffnung, dass er es schafft frei von Drogen zu bleiben?

Tim klopft an meine Scheibe und grinst von einer Seite zur anderen. Vor lauter Glückshormonen fällt es mir schwer ruhig zu bleiben und nach meiner Tasche zu greifen, aus lauter Eifer schubse ich sie halb vom Beifahrersitz, bekomme sie aber gerade noch zu fassen bevor sie auf dem nicht gerade sauberen Autoboden landet.

Die Tür wird von außen geöffnet, gerade als ich mit der freien linken Hand nach dem Innengriff greifen will, deswegen greife ich daneben und nach einer warmen Hand, die sich meiner entgegenstreckt.

„Oh wie ich Dich vermisst habe" sagt Tim streicht mir mit einer Hand durch die Haare, die andere hält meine ganz fest und streichelt mit dem Daumen über meinen Handrücken.

Mir wird warm in der Magengegend und meine Augen müssen die unendliche Liebe und Erleichterung widerspiegeln, die ich tief in mir trage. Ich sehe in Augen, so klar und rein wie ein Bergkristall, Augen, die nicht von Drogen benebelt sind und nicht diesen verschleierten Schatten und die winzig kleinen Pupillen aufweisen, die ich solange aufgrund des Heroins ertragen musste. Ich schlucke fest, auf einmal füllt so viel Speichel meinen Mund und Tränen des Glücks drängen sich in meine Augen. Jedes Mal wenn ich Tim sehe bin ich so überwältigt von diesem Geschenk einen sauberen und normalen Menschen vor mir zu sehen, einen Mann der nicht auf der Couch einnickt, weil er sich gerade eben einen Schuss gesetzt hat. Einen Mann, der nicht Ewigkeiten auf der Toilette braucht, weil er dort ein anderes Bedürfnis erfüllt als das natürliche, das man dort verrichtet.

Ich schlucke, weil ich so lange nicht geahnt habe was hinter all dem steckt, weil ich immer das Gefühl hatte etwas stimmt nicht mit Tim, es aber nie erfassen konnte, da mir das Wissen fehlte. Ich schlucke, weil Tim mir immer sagte ich brauche mir keine Sorgen machen, er sei sauber und hätte mit Drogen schon lange nichts mehr am Hut. Dass er, kurz bevor er mich kennenlernte, erst aus dem Gefängnis kam, wo er wegen Drogenhandels drei Jahre gesessen hatte und vorher 7 Jahre auf Heroin war, das wusste ich, das hatte er mir bereits in der ersten Nacht im Laufe des Abends erzählt. Aber es sei Vergangenheit, keine Gegenwart und sicher schon lange keine Zukunft. Und ich glaubte ihm, ich wollte ihm glauben. Wieso sollte man seinem Partner auch misstrauen? Warum sollte man an seinen Worten zweifeln und das Vertrauen verraten, das einem

selber ja auch entgegengebracht wird. Gib dem Menschen eine Chance. Das hatte Sanne damals zu mir gesagt als ich zweifelte.
Und ich lies mich auf ihn ein, auf Tim, den Exjunkie, und lernte ihn so sehr lieben, dass es kein Zurück für mich gab, als ich nach ein paar wenigen Monaten wirklich entdeckte, dass er wieder Heroin spritzte. Der schlimmste Moment meines Lebens, grauenvoll die Wahrheit zu entdecken und die Umstände zu sehen die ihn nicht alleine wieder aufhören ließen. Zu sehen was diese Droge an Einfluss auf einen Menschen hat, die ihn das Liebste anlügen lässt was er hat. Lügen und Beklauen und Geschichten erzählen, um in Sicherheit zu wiegen. Nächte lang nicht schlafen können vor schlechtem Gewissen...
Tim nimmt mich in den Arm und holt mich ins Jetzt und Hier zurück, drückt mich ganz fest an sich und ich spüre wie er tief durchatmet und sich ein Seufzer aus seiner Brust löst, der mich froh sein lässt, dass dieser ganze Mist nun endlich vorbei ist. Sicherheit. Clean sein. Ein drogenfreies Leben.
Hand in Hand gehen wir die Stufen zur Eingangstür hinauf, bereit, uns dem Kampf weiter zu stellen und dieses eine von vielen Wochenenden zusammen zu genießen.

12

„Und wie war's, los komm erzähl und lass Dir nicht alles aus der Nase ziehen, ich hab doch mitbekommen wie ihr in der Disco an der Theke geknutscht habt, du der ist aber auch knuffig, hast Du gut gemacht" grinst Sanne ins Telefon.
Natürlich hat Sanne sie gleich angerufen, um zu hören was da noch los war mit diesem „Tim", der ihre Jessy so in Beschlag genommen hat.
Müde reibt sich Jessy auf der Couch liegend mit ihrem Zeigefinger über die Nasenwurzel, das Telefon presst sie mit der linken Hand an ihr Ohr. Sie ist noch völlig kaputt und verkatert, Kopfschmerzen machen sich pochend in ihrem Kopf breit, aber beim Gedanken an die letzte Nacht muss sie dann doch ein klein wenig grinsen.
„Sanne, ich sags Dir, das war der Hammer, unglaublich, ich weiß gar nicht wie ichs beschreiben soll!"
„Na da hats aber eine erwischt, was?" Sanne kichert.
„Erwischt würde ich jetzt nicht sagen, meine Liebe, man verliebt sich doch nicht einfach von heute auf morgen. Außerdem weiß ich noch nicht ob das weiter geht, denk doch mal nach, er war im Knast wegen Drogenhandels und noch dazu auf Heroin, glaubst Du wirklich, dass er darüber weg ist?"
„Hmmm", Sanne zögert, „ich denke Du solltest ihm einfach eine Chance geben. Ich mein, er ist ein netter Kerl, sieht gut aus, und das wichtigste, er war absolut

ehrlich zu Dir, warum sonst hätte er dir das alles erzählen sollen? Sei mal ehrlich, das hätte er nicht müssen."

Jessy reibt nachdenklich mit dem nackten, rechten Fuß über den weichen Stoff der Couch, sie hat noch dasselbe Oberteil an, das sie in der Disco getragen hatte. Zum Umziehen war sie zu kaputt und zu müde außerdem machte sich langsam Muskelkater in Beinen, Bauch und Armen breit. Wahnsinn, kein Wunder wenn sie Muskelkater bekam, wie lange hatten sie dort auf der Matratze verbracht? Fünf Stunden müssten es in etwa gewesen sein, dann musste Tim zur Frühschicht und nachdem sie sich endlich voneinander gelöst und angezogen hatten begleitete Tim sie zurück zum Parkplatz vor der Disco, wo sie ihr Auto geparkt hatte.

Er wollte sie gar nicht mehr los lassen, zog sie immer wieder an sich, küsste sie innig und voller Leidenschaft während seine Hände über ihren Rücken und durch ihre von der Nacht zerzausten Haare wanderten. Irgendwie war es ihr unangenehm gewesen, der Alkohol in ihrem Blut wurde langsam weniger und ihr wurde bewusst was sie da mit einem ihr wildfremden Mann soeben stundenlang getan hatte und dass sie einfach nur nach Hause in ihre eigenen vier Wände wollte, wo sie Sicherheit und Schutz hatte, vertrautes genießen konnte.

Jedes Mal wenn sie sich verabschiedet hatte und sich zu ihrem Auto umdrehte, hatte Tim sie wieder an der Hand gegriffen und ihr gesagt wie schön sie sei, wie sehr er die Nacht mit ihr genossen hatte und dass sie etwas ganz besonderes sei. Irgendwie war ihr das alles zu viel, zu viel Nähe, zu viele schöne Worte, die zu schön waren um wirklich wahr zu sein.

Er wollte sie wieder sehen und erinnerte sie daran, dass er ihre Handynummer hatte, sie hatte sie ihm wohl irgendwann im Laufe des Abends gegeben, er werde sich sehr bald melden und hoffe sie würden sich schnell wiedersehen. Und nun ist Jessy irgendwie völlig leer im Kopf, kann nicht denken und doch gehen ihr tausend Sachen durch den Kopf. Ob sie ihn wiedersehen will, ob es das Richtige ist was sie getan hat, ob sie ihm eine Chance geben soll, ob er die Vergangenheit denn wirklich hinter sich gelassen hat.

Sie denkt über Sannes Worte nach und muss ihr Recht geben. Warum hätte er ehrlich zu ihr sein sollen, er hätte seine Vergangenheit verschleiern können, ihr was von Montage im Ausland oder sonst irgend eine Story erzählen können wo er die letzten Jahre abgeblieben ist.

Jessy dreht sich auf die Seite und schließt erschöpft und überwältigt von den letzten Stunden die Augen. Wenigstens ein bisschen schlafen sollte sie, damit ihr Körper und ihr Kopf sich erholen können und sie wieder vernünftig und klar denken kann.

Gerade als sie am wegnicken ist piept ihr Handy und kündigt ihr eine Sms an. Eigentlich sollte sie gar nicht schauen wer ihr geschrieben hat, aber nun ist sie schon wieder zu wach und zu neugierig und ärgert sich noch dazu, dass sie es vorher nicht auf lautlos gestellt hat. ‚Typisch Jessy' denkt sie sich und richtet

sich mit einem Seufzer auf, die Augen brennen beim Öffnen aufgrund des Sonnenscheins, der durch das Wohnzimmerfenster auf die Couch fällt. Sie tastet auf dem Tisch nach dem Handy, stößt dabei an den Aschenbecher, der fast vom ahornfarbenen Couchtisch rutscht.
Sms von Tim.
Auf einmal wird ihr schlecht, aber Gott sei Dank nicht so, dass sie sich übergeben müsste, ihr Herz schlägt schneller als noch den Augenblick zuvor und sie ist sich gar nicht wirklich sicher, ob sie die Sms öffnen und lesen soll was er geschrieben hat.
Doch wieder siegt die Neugier, wie so oft bei Jessy, Vernunft war noch nie ihre Stärke.
„Hi Süße, ich wollte mich nur nochmal für die wunderschöne Nacht bedanken, Dich muss mir der liebe Gott persönlich geschickt haben, denn sowas hab ich noch nicht erlebt und gefühlt. Danke, danke, danke, dicker Kuss, Tim"
Der Kloß im Hals wird immer dicker, mühsam schluckt sie ihn hinunter und beschließt, erst mal nicht zu antworten, denn sie weiß gar nicht was sie dazu sagen soll. Seine Worte gehen ihr runter wie Öl, beleben sie, machen sie irgendwie glücklich und lassen sie schmunzeln, denn genau das ist es doch was sie immer gesucht hat und immer hören wollte von einem Mann, dass sie ihm gut tut. Und doch ist sie bedrückt, lastet etwas auf ihr und drückt auf ihr Gemüt und die Freude, sie kann es nicht erfassen was genau es ist, ob es nur der Restalkohol ist der sich langsam aber sicher komplett abbaut in ihrem Körper und sie matt und schwach fühlen lässt, den Kopf in Watte packt und an ihre Schläfen hämmert, oder ob es etwas mit Tim selbst zu tun hat, mit seiner Vergangenheit, mit der Sicherheit für jemanden plötzlich wieder irgendwie wichtig zu sein im Leben.
Tim ist süß, keine Frage, sie hat ihn vor bestimmt 13 Jahren öfter gesehen, als sie mit ihrer damaligen Clique immer im Jugendtreff des Nachbarorts in verwinkelten Kellergruften gefeiert und ihre ersten Erfahrungen mit der Freiheit des Jugendlichseins gemacht hat.
Damals hatte Tim noch lange Haare, war immer recht schüchtern Frauen gegenüber, hat sie verstohlen angesehen und sie ihn, aber sie hatten nie ein Wort miteinander gewechselt, sie nicht mit ihm, da man als Frau keine Männer anspricht, und er nicht mit ihr, weil er wahrscheinlich einfach zu schüchtern war und sich nicht getraut hat. Gut, sie hatte damals einen Freund, war gebunden und genoss das allererste Verliebtsein und die zwanglosen Stunden eines werdenden Teenagers.
Wie viel einem doch in dieser Zeit passiert. Sie, Jessy, war verheiratet gewesen und hatte zwei Kinder mit ihrem Exmann, er, Tim, war in die Drogenszene gerutscht und hatte sich seinen Konsum mit schließlich mit dem Verkauf von Drogen finanziert, war deswegen ins Gefängnis gewandert und hatte seine Strafe abgesessen. Und war therapiert worden, wollte von Drogen nichts mehr

wissen sondern ein normales Leben führen, mit legaler Arbeit, Wohnung und einer Frau an seiner Seite.

Jessy wischt mit einer Handbewegung die vielen Gedanken und Zweifel beiseite und legt sich wieder zurück auf ihre Couch, saugt den ureigenen Duft ihrer Wohnung in sich ein und ist von jetzt auf gleich eingeschlafen.

13

Er hat es wirklich vergessen.
Wirklich und wahrhaftig, er hat unseren Jahrestag vergessen.
Klar ist er auf Therapie und so wahnsinnig mit sich selber beschäftigt, muss bei sich bleiben, muss an sich arbeiten, ich weiß, dass das ganz wichtig ist für ihn, für uns und für unsere gemeinsame Zukunft. Aber ist es denn zu viel verlangt wenn er mir zu unserem Jahrestag ein paar Zeilen schreibt? Mir mit einer Kleinigkeit ein paar Minuten seiner Aufmerksamkeit und Dankbarkeit zeigt? Er darf ja mittlerweile sogar wieder ins Internet. Die erste Zeit war das gestrichen, für Neuankömmlinge wird Stück für Stück gelockert, je mehr Zeit sie in der Therapie sind. Warum zum Teufel schreibt er mir nicht wenigstens eine E-Mail? Meldet sich über das gemeinsame Portal in dem wir beide Mitglied sind, wo er jeden Tag online ist wie ich sehen kann, wo er auch heute schon online war?
Ich hab doch Verständnis für alles aufgebracht, für seine Sorgen, für seine Sucht, dafür, dass er sich nur um sich gekümmert hat monatelang. Erst, weil er auf Droge war, weil sich da seine Gedanken nur darum gedreht haben wie er schnell an Stoff und an das Geld dafür kommt. Habe verstanden wie schrecklich ihn die Sucht im Griff hat, habe zurück gesteckt für ihn und eine gemeinsame Zukunft. Dann Verständnis, dass er noch nicht alles geben kann, weil er wochenlang auf Entgiftung ist, dort körperlichen Entzug durchleidet, mit Schüttelfrost und Gliederschmerzen, Kopfhämmern und kalten Schweißausbrüchen. Dass da keine Zeit ist an mich zu denken und mir etwas Aufmerksamkeit entgegen zu bringen. Das hab ich doch alles verstanden und verstehs auch immer noch.
Ich verstehe, dass er – seit er auf Therapie ist – hart an sich arbeitet, den Kopf nicht frei hat für mich und meine Probleme, nicht dafür, dass ich leide weil mir mein Puzzleteil fehlt, meine zweite Hälfte so schmerzhaft fehlt, dass ich es manchmal nicht aushalten kann ohne ihn zu sein. Und wieder für ihn zurückstecke.
Alles was mir wichtig ist, Worte, kleine Aufmerksamkeiten, alles das was mir zeigt, dass er auch in der Zeit an mich denkt, in der wir uns nicht sehen, das alles stecke ich zurück und leide im Stillen, weil ich ihn nicht auch noch damit belasten will. Weil ich ihn verstehe. Aber Herr im Himmel, wo bleibe denn ICH bei der ganzen Sache? Wie viel Verständnis fordert er denn noch von mir?

Wenn ich alle zwei Wochen das Wochenende bei ihm in der Einrichtung verbringe sagt er mir, dass ich ihm gefehlt hab, sagt mir, dass er mich liebt und dass ich ihm so wahnsinnig wichtig bin. Sollten mir diese Worte denn nicht einfach ausreichen? Sollte ich nicht davon zehren können bis wir uns in zwei Wochen wiedersehen?
„Zu lange verzichtet und zurückgesteckt" sagt eine Stimme in mir.
Tränen der Wut kriechen in mir hoch, Wut auf ihn, weil er mir heute, an unserem Jahrestag noch keinen Funken Aufmerksamkeit gezollt hat, sich noch nicht gemeldet hat obwohl er weiß wie verdammt wichtig mir das ist.
Ich schlage auf mein Kissen ein und lass die Tränen laufen, die all den Schmerz und die Wut und Verzweiflung über mein Gesicht spülen, was sich die letzten Monate angestaut hat. Ich fühle mich wie ein See, der Hochwasser trägt und nun überflutet, die Dämme laufen über und in mir zerreißt etwas, flutet auch mein Herz. Aber es ist keine reinigende Flut, nein, die Flüssigkeit schmeckt bitter und ist trüb, Verachtung mir selber gegenüber schwemmt hoch und macht sich breit, bringt mit der Gischt Übelkeit und Kopfschmerz mit sich.
Wie blöd bin ich doch, immer nur zurück zu stecken, aus Liebe, und nichts zu bekommen.
Als Tim noch hier war dachte er nur an sich, war mit sich, seiner Sucht, dem Entzug, was auch immer beschäftigt. Aber er war da. Ich hatte seine körperliche Nähe, seinen Duft, seine Anwesenheit. Ich lag in seinen Armen und durfte ihn spüren, wenigstens DAS in mir aufnehmen.
Seit er weg ist, ist mir auch das genommen. Alles was mir je etwas bedeutet hat, an was ich mich so verzweifelt geklammert habe wie ein Schiffbrüchiger, all das ist mit Tim weit weg auf Therapie gegangen.
Ich sitze in meinem Bett, die Bettdecke mit meinem Lieblingsüberzug aus Mikrofaser bis ganz oben unters Kinn gezogen, Schluchzer schütteln mich und ich schließe die Augen und lasse den Sturm aus mir heraus, der in mir tobt, wiege mich vor und zurück, als wenn mir das Sicherheit geben würde, aber das tut es nicht. Und trotzdem, irgendwie ist das stetige hin und her wiegen Erleichterung, ist Beständigkeit in meinem täglichen Orkan.
Mit zittrigen Händen greife ich nach den Taschentüchern, die neben den Engelsfiguren und Talismanen und Glücksbringern auf meinem Nachtschrank liegen, schnäuze mir geräuschvoll die Nase und atme tief durch.
Nein.
Nein, ich werde mich jetzt nicht wahnsinnig machen, werde nicht wieder verzweifelt sein weil noch nichts gekommen ist von Tim. Er weiß, dass mir das wichtig ist und er wird sich melden. Alles hat einen Grund, auch, dass er noch nicht geschrieben oder angerufen hat. Ganz sicher gab es Probleme im Haus, oder er musste noch zu Gruppenstunde oder irgendwas ähnlichem, er wird sich die Zeit nehmen, weil es ihm genauso wichtig ist wie mir.
Mein Päckchen müsste heute ankommen. Das kleine Paket, das ich ihm geschickt habe, mit dem kleinen weißen Plüschteddy mit Knopf im Ohr und einer

schönen persönlichen Grußkarte von mir, die ich ihm zum Jahrestag rechtzeitig geschickt habe. Und er wird sich freuen darüber und es wird ihm genauso viel bedeuten, wie es mir bedeutet. Ich gebe so gerne, deswegen macht es mir manchmal auch nichts aus, nichts zurück zu bekommen. Es ist nicht so schlimm, solange ich nur weiß, dass Tim mich liebt. Und das tut er doch noch, oder? Er sagt es mir ja wenn wir uns sehen, nimmt mich dann ganz fest in meine Arme, und in diesen Momenten kann ich es fühlen, durchflutet es mich mit einer Gewissheit, dass er mich liebt, dass es mir fast den Atem raubt.

Und diese Zweifel schiebe ich beiseite, wende mich lieber den wichtigen Dingen zu, meinem Alltag, meinen Kindern, meinen Kundinnen. Das muss weiter gehen, obwohl mir noch immer so sehr die Kraft fehlt das alles zu bewältigen.

Ich weiß, Tim wird sich melden heute. Ich muss nur endlich einmal lernen geduldig zu sein.

Heute Abend hat er zum ersten Mal Ausgang, darf mit drei anderen Jungs, die mit ihm auf Therapie sind, ein paar Stunden nach draußen, sich wieder frei außerhalb des Gebäudes bewegen. Und dann wird er daran denken Geld mitzunehmen und mir eine Kleinigkeit kaufen, zum Jahrestag, wenn er die Möglichkeit endlich hat, das erste Mal seit Monaten. Eine Karte wird er mir vielleicht kaufen und wie am Anfang unserer Beziehung schreiben, wie viel ich ihm bedeute. Oder vielleicht sogar etwas anderes, ein kleiner Schlüsselanhänger oder ein Buch, das er mir in den nächsten Tagen schickt.

Das wird er tun, da bin ich mir ganz sicher.

Bei diesem Gedanken muss ich lächeln, ich freue mich so sehr darauf nun ein kleines bisschen von dem zurück zu bekommen was ich Tim gegeben habe, von meiner Kraft, meiner Zeit, meiner Liebe, meiner Geduld, von meinen immer währenden Worten mit denen ich ihn bestärkt habe stark zu bleiben, von meinem grenzenlosen Verstehen und Verzeihen, wenn er mich wieder belogen hat und wieder zur Droge gegriffen hat.

Denn er hat es mir versprochen, mein Tim, so oft versprochen, dass ich es einfach glauben muss.

„Alles was Du mir gegeben hast, werde ich Dir zurückgeben, dessen sei Dir sicher! Und es wird bei weitem niemals ausreichen das zurück zu geben, was Du mir entgegengebracht hast."

14

Jessy sieht aus dem Fenster ihres kleinen Kosmetikstudios, das sich im Hinterzimmer des ortsansässigen Friseursalons befindet, und stützt das Kinn in ihre linke Hand. Diese Kundin war so schrecklich anstrengend gewesen, hat ihr das Herz ausgeschüttet über ihre zerrüttete Ehe und das ständige Fremdgehen

ihres Mannes, sie war verzweifelt gewesen und Jessy musste Verständnis aufbringen und der Kundin gut zureden, damit diese mit einem Lächeln das Studio verlässt. Dabei fällt es Jessy so schwer den Worten und dem Sinn der Gespräche mit ihren Kundinnen zu folgen, ihr Kopf ist woanders, meilenweit weg vom eigentlichen realen Geschehen um sie herum, das ständige mühsame Lächeln tut ihr in den Mundwinkeln weh und sie ist oft froh, wenn sie die Behandlung abgeschlossen hat und die Kundschaft das kleine, pink akzentuierte Kosmetikzimmer verlässt. Tim schreibt ihr mehrmals am Tag, oft Komplimente und Schwärmereien, seinen Wunsch sie wiederzusehen und Zeit mit ihr zu verbringen, fast fleht er sie darum an. Aber sie kann nicht so wie er möchte, hat ihre Termine wahrzunehmen um Geld zu verdienen und dann die Kinder den restlichen Tag. Erst in einer Woche wieder wird sie ein freies Wochenende für sich haben an dem sie sich mit Tim treffen kann. Manchmal sind Tims Nachrichten auch verzweifelt, dann schreibt er dass er meint sowieso nicht gut genug zu sein für sie, dass er nichts auf die Reihe bringt und sie doch einen besseren Mann verdient hat. Sie baut ihn dann auf mit Worten, kann gar nicht verstehen, dass er sich so klein macht und möchte ihm das Gefühl geben, dass er ein wahnsinnig wertvoller Mensch ist. Ihr Helfersyndrom, das auch Freunde und selbst Kundinnen schon bemerkt haben an ihr. Jessy – die einen aufbaut in Notsituationen, die Tag und Nacht da ist und sich Probleme anhört, Lösungen findet und jede Menge lieber und grundguter Worte findet. Jessy – die stärkt und bestärkt und Kraft gibt wenn man nicht mehr weiter kann. Und Jessy freut sich, wenn sie helfen darf, für andere da sein kann und merkt, dass ihre Worte gut tun. Deswegen redet sie Tim dann auch gut zu wenn er einen schlechten Tag erwischt hat und seine Sms trübe und grau und traurig klingen.
Gerade eben hat sie ihm zurück geschrieben, die Frage – ob sie sich nicht vormittags treffen können, wenn sie keine Termine im Studio hat und die Kinder in Schule und Kindergarten sind – mit einem „vielleicht" beantwortet. Irgendetwas zieht Jessy hin zu Tim, lässt sie sich freuen auf jede weitere Sms, lässt ihr Herz hüpfen und springen vor Freude und die Schmetterlinge in ihrem Bauch tanzen. Andererseits steigt Beklemmung in ihr auf, schnürt ihr die Kehle zu und verursacht ihr eine dauerhafte leichte Übelkeit in der Kehle, die sie sich nicht erklären kann. Jeden Morgen beim Aufwachen gehört ihr erster Gedanke mittlerweile Tim, und der erste Griff am Morgen ist der zu ihrem Handy, das auf dem Nachtschrank liegt und ihr eine Guten-Morgen-Sms zeigt. Jeden Morgen hat Tim ihr diese Woche Brötchen auf den Terrassentisch gelegt, die er nach seiner Nachtschicht beim mobilen Bäckereiwagen vor der großen Fabrik, in der er arbeitet, kauft. Ein Brötchen für sie und jeweils eines für die Kinder, die sich sehr freuen und Gott sei Dank nicht nachfragen, wo Mama Jessy die so früh am Morgen her hat.
Jessy packt ihr Handy, ihren schwarzen Terminkalender und die auf dem Tisch liegende Geldbörse in ihre Tasche und macht sich auf den Weg aus dem Studio. Das war die letzte Kundin vor Feierabend und Jessy muss sich auf den Weg nach

Hause in ihre Wohnung machen, wo ihre Mutter mit den Kindern auf sie wartet. So haben sie es immer gemacht, die Oma betreut die kleinen Mäuse nachmittags wenn Jessy fremde Frauen verschönert und wenn sie Feierabend hat, dann wartet die Oma schon zuhause auf sie, die Kinder meist bettfertig hergerichtet und satt vom Abendbrot. So muss sich Jessy nur noch von ihrer Mutter verabschieden, die Kinder ins Bett bringen und kann sich dann ihrer Couch, dem Haushalt oder der Tagesabrechnung widmen.

Sie schließt die Holztür ihres Studioraumes ab und geht durch den Friseursalon in Richtung Ausgangstür. Charlotte, die Chefin des Salons, steht hinter dem Tresen und führt ein Gespräch mit einer Kundin. Sie winkt Jessy zu, die dieses erwidert und mit einem Lächeln auf den Lippen den Salon durch die Eingangstür verlässt. Bimmelnd schließt sich diese hinter ihr und Jessy tritt auf die nach verdampfendem Regen riechende Straße. In Gedanken versunken schlägt sie den Weg in Richtung Heimat ein, als ihr plötzlich von hinten jemand die Hände vor die Augen hält. Jessy bleibt abrupt stehen und atmet aufgeregt dieses besondere Parfum ein, das sie schon so verinnerlicht hat. Tim. Ihr Herz schlägt schneller, sie spürt es wie ein Hämmern in ihrer Brust schlagen, die Beine werden weich und sie muss fast aufpassen, dass sie nicht den Boden unter ihren Füßen verliert. Sie greift nach Tims warmen Händen, schiebt sie von ihren Augen und dreht sich – seine Hände immer noch in den ihren haltend – zu ihm um.

"Was machst Du denn hier?" fragt sie ihn mit ungläubigem, aber glücklichem Erstaunen.

Tim lacht leicht auf und sieht ihr tief in die Augen. "Ich hatte solche Sehnsucht nach Dir, ich musste Dich einfach sehen. Und nachdem du mir heute geschrieben hast, wann du ungefähr aus hast, dachte ich mir eben ich begleite Dich ein Stück nach Hause. Wenn das für Dich ok ist" setzt er noch hastig hinzu. "Natürlich ist das in Ordnung. Klar. Ähm, ja, dann lass uns doch ein Stück gehen". Sie möchte Tims Hand los lassen, möchte nicht, dass man sie zusammen in der Öffentlichkeit als Paar einschätzen könnte, sie sind kein Paar und sie hat noch niemandem außer Sanne von ihm erzählt. Nicht einmal ihre Mutter weiß etwas davon und sie soll es auch so schnell nicht erfahren. Jessy kennt beinahe jeden in diesem Dorf, in dem sie aufgewachsen ist, und wenn jemand hier etwas beobachtet, spricht sich das schneller herum als einem lieb ist.

Doch Tim lässt ihre Hand nicht los.

"Jessy, ich möchte Dich ein bisschen spüren, bitte lass mich Deine Hand halten, ich hab dich so sehr vermisst, dass es fast weh tut. Ich wusste nicht wie ich die Tage herum bringen soll bis ich Dich wieder sehen kann! Ich hab mich so in Dich verliebt, schon jetzt nach dieser einen Woche, die ich Dich kenne! Ich habe noch nie so viel für einen Menschen empfunden, wie ich das jetzt schon für Dich empfinde! Wir müssen ja nicht die Hauptstraße entlang gehen wo uns jeder sehen kann, lass uns doch einfach die Seitenstraßen nehmen, dann bleibt uns

auch länger Zeit auf diesem Umweg, bis wir uns wieder trennen müssen! Bitte Jessy!"
Tim sieht sie so flehentlich an, dass Jessy gar nicht anders kann als zu nicken. Seine Worte dringen wie Gift in ihr Gehirn, machen sie auf unbestimmte Art und Weise willenlos. Sie will das doch auch, ihn spüren, sich ihm hingeben. Und doch ist sie so sehr im Zweifel und weiß nicht einmal genau warum.
Sie gehen Hand in Hand in eine Seitenstraße, immer wieder drückt Tim ihre Hand, lässt sie spüren, dass sie ihm wichtig ist. Nach Reden ist ihnen beiden nicht zumute, nur zu wissen, der andere ist da, ganz nah beieinander, sie hören dem Atem zu, den leisen Regentropfen die allmählich auf den Asphalt rieseln, spüren die Hand des anderen in der ihren, so warm und weich und präsent. Tim bleibt stehen und streicht ihr durch das Haar. Ganz sanft und leicht und mit einer Zärtlichkeit, wie Jessy sie noch nie erlebt hat. Sie sieht ihn an, sieht wie schön er für sie ist und mag ihre Augen gar nicht mehr abwenden von den Linien seiner Augenbrauen, der hohen Stirn mit den beginnenden Geheimratsecken, der Nase mit dem leichten Höcker und seinen vollen weichen Lippen. Lange stehen sie da, sehen sich in die Augen während der Regen immer stärker wird und Jessy Angst bekommt, dass sie doch jemand entdecken könnte den sie kennt. "Lass uns weiter gehen Tim, meine Mutter wartet auf mich und wird sich Sorgen machen wenn ich nicht nach Hause komme!"
Sie zieht ihn aus seiner Erstarrtheit weiter den Weg entlang. Sehnsucht macht sich in ihr breit, kriecht langsam durch den aufgewühlten Körper, die Sehnsucht seine Lippen zu schmecken, seine Haut zu fühlen, ihm ganz nahe zu sein, so nahe, dass kein Zentimeter mehr zwischen sie passt!
Nein, Jessy will nicht nach Hause, sie will immer weiter laufen mit ihrem Tim an der Hand, möchte sich in ihrer Zweisamkeit verlieren und auf keinen Fall zu ihrer Mutter, die ihr ansehen könnte, dass sie verwirrt ist, verliebt ist, ja verliebt, sie muss es sich eingestehen, sie hat sich verliebt. Ob sie wollte oder nicht, aber Tim übt so eine Anziehungskraft auf sie aus, die sie nicht länger vor sich selbst leugnen kann. Und das nach einer Woche Kennen, wie verrückt das ist!
Noch eine Straßenecke trennen sie noch von ihrem Zuhause und Jessy bekommt einen dicken Kloß der Traurigkeit in den Hals, der immer dicker wird und sie schlecht schlucken lässt. Wieder bleibt Tim stehen und zieht sie diesmal fest an sich. Sein Gesicht kommt dem ihren immer näher und Jessys Pulsschlag wird schneller, der Atem vor Aufregung immer kürzer. Eng umschlungen stehen sie in einer Hofeinfahrt, der Wind peitscht immer schlimmer um sie herum und die Wolken verdunkeln den Himmel. Tim beugt sich zu ihr und seine Lippen sind den ihren jetzt ganz nah, sie kann seinen Atem schmecken, kann ihn riechen und ihr wird schwindelig im Kopf, sie krallt sich fester mit den Händen in seine Jacke und legt ihre Lippen auf die seinen. Mit geschlossenen Augen gibt sie sich ihm hin, schmeckt ihn, spürt ihn und kann nicht von ihm lassen. Jessy ist wie im Rausch, genießt die Endorphine die sich breit machen in ihr, die labberigen

Glieder, die sich an ihm festhalten, damit ihre Knie nicht nachgeben. Er ist so stark und er hält sie, und dieses Gefühl der Sicherheit und des beschützt werdens puscht sie weiter in ihrem Rausch. Sie kann nicht genug bekommen von seinen Küssen, die einmal sanft und voller Gefühl und im nächsten Augenblick fordernd und flammend sind. Sie spürt nicht den Wind um sie, sie spürt nicht den einsetzenden Regen, der sie beide durchnässt, ihnen von Nase und Kinn tropft.
Zeit und Raum verschwinden in diesem Rausch, den sie so klar zuvor noch nie erlebt hat.
Erst als sie ein "Guten Abend" von der Seite vernimmt und sich erschrocken los reißt, wird ihr bewusst dass sie schon viel zu lange dort mit Tim steht. Ein einsamer Spaziergänger mit seinem Hund geht gesenkten Blickes an ihnen vorbei und hektisch wirft sie ihm ein "Guten Abend" zurück.
Tim lacht laut und befreit auf, das Glück ist in seinen Augen zu lesen als er sie ansieht und ihr zulächelt. "Jessy du bist so wunderschön!"
Wunderschön oder nicht, sie muss nach Hause. Sie packt Tim an der Hand und zerrt ihn mit schlechtem Gewissen weiter die Straße entlang bis vor ihre Haustür.
"Ich muss gehen Tim. Die warten zuhause auf mich!"
"Jessy, versprich mir, dass wir uns wieder sehen, bitte versprich mir das, ich möchte nicht mehr ohne Dich sein, ich kann nicht ohne Dich sein!"
"Tim, ich weiß es nicht, aber ich werds versuchen! Gib mir Zeit bitte!"
Sie drückt ihm einen letzten Kuss auf seine weichen Lippen und steckt denn Schlüssel ins Schloss. Der Rausch ist vorbei und von schlechtem Gewissen und Zweifeln geplagt atmet sie einmal tief durch, bevor sie die Tür aufdrückt und ihr schon ein "Hallo Mama" aus der trockenen Wärme ihrer Wohnung entgegenschallt...

15

Natürlich hat er sich noch gemeldet. Haha. Nachdem ich den ganzen Tag wie auf Kohlen saß, dachte er ruft vor der Gruppenstunde und seinem ersten Ausgang an, ständig auf mein Telefon gestarrt habe mit einer Mischung aus Erwartung und Angst, dass vielleicht etwas passiert sein könnte, ein Rückfall oder ähnliches. Tausend Gedanken gingen mir da durch den Kopf. Ist er vielleicht gar nicht mehr im Haus, weil er sich nicht meldet? Hat er Stress bekommen? Das sieht ihm doch alles gar nicht ähnlich. Wobei Tim in letzter Zeit immer weniger angerufen hat, immer weniger seine Versprechungen eingehalten hat obwohl er genau weiß wie wichtig mir Beständigkeit ist, gerade um ihm weiterhin vertrauen zu können nach den ganzen Lügen und den ganzen Unehrlichkeiten.

Recht spät hat er dann angerufen und drauf los geplappert wie toll es war endlich nach draußen zu kommen und trotz seiner vier Begleitpersonen endlich wieder Schritte gehen zu können ohne vom Haus überwacht zu werden, seine Freiheit einen Abend lang zu genießen. Erst hat er gar nicht gemerkt, dass sie ihm nur kurze knappe Antworten gibt, aber irgendwann ist es ihm in seinem Redeschwall aufgefallen und natürlich hat er nachgefragt was los ist. Da ist der ganze Frust herausgesprudelt aus mir, ich hab ihm an den Kopf geknallt, dass er wieder mal nur mit sich beschäftigt ist und an mich keinen Atemzug eines Gedankens verschwendet, nicht daran denkt mir wenigstens zu unserem Jahrestag zu gratulieren und mir die lang ersehnte Aufmerksamkeit zu schenken, auf die ich so lange verzichten musste aufgrund seines Drogenkonsums. Die Aufmerksamkeit, die er mir so lange verspricht und mich mit Hoffnungen schürt, dass alles anders wird wenn er erst clean ist und absolut frei von Drogen. Nun ist er sauber und dennoch nicht in der Lage mir etwas mehr entgegenzubringen, weil er sich ja ach so sehr mit sich selber beschäftigen muss um an sich und seinem cleanen Leben zu arbeiten. Eine Mischung aus Frustration, Verzweiflung und tiefer Liebe zu diesem Menschen überwältigt mich jeden Tag wieder aufs Neue. Die Hoffnung, dass irgendwann alles gut wird grummelt tief unter der Oberfläche und dringt immer wieder hervor.
Das Telefonat haben wir im Streit beendet, ich mit Tränen in den Augen und erstickter Stimme und der Ungläubigkeit, dass Tim kein Wort von dem verstanden hat was ich ihm sagen wollte. Stattdessen hat er sich gekränkt gefühlt weil ich ihm Vorwürfe gemacht habe anstatt mich mit und für ihn über seine neugewonnene Freiheit zu freuen.
Nun sitze ich hier vor meiner dampfenden Tasse Kaffee und weiß nicht mehr weiter, weiß nicht wie ich dieses fehlende Stück in mir ersetzen soll bevor Tim wieder kommt, weiß nicht wie ich weiter durch meine Tage kommen soll wenn ich merke, dass ich ihn langsam verliere, dass er sich aufgrund des räumlichen Abstands von mir entfernt.
Ich fange an zu zittern und eine tiefe Verzweiflung kriecht in mir hoch, legt sich wie eine dunkle, schwere Decke über mein Gemüt und mein Herz, das so sehr sticht und doch so voller Hoffnung ist. Übelkeit steigt intervallmäßig immer wieder an die Oberfläche und vor Nicht-essen und dadurch bedingten anfänglichen Kreislaufproblemen geplagt, renne ich in mein helles unaufgeräumtes Bad und klappe den Toilettendeckel nach oben. Ich würge und würge und Tränen brennen schon in meinen Augen, werde geschüttelt von Krämpfen und Magenschmerzen und doch will sich kein befreiendes Gefühl einstellen, trotz all dem bin ich nicht in der Lage mich zu übergeben und vielleicht dadurch ein klein wenig Erleichterung zu erlangen.
Er fehlt mir so sehr jeden Tag, ich weine mich abends in den Schlaf, stehe mit Übelkeit im Hals auf und arbeite mich mechanisch durch meine anfallenden Pflichten. Nur die Besuchswochenenden halten mich oben wie eine Boje, die auf dem Wasser schwimmt, Tag für Tag, trotz Sturm und Wellengang und Getöse

um mich herum. Bei jedem Schritt durch die Wohnung steigen Erinnerungen an Tim hoch, an Situationen, in denen er mich angelogen hat, an Situationen in denen er Drogen und Spritzen versteckt hat. Wie oft habe ich meine Schränke durchsucht, als das Gefühl belogen zu werden zu groß wurde und überhandnahm? Kein rationales Denken mehr möglich, weil nur der Gedanke an Drogen und Lügen und den ganzen beschissenen Dreck in Deinem Hirn brennt, jede Gehirnzelle ausfüllt und dich verzweifelt zum Suchen bewegt, mechanisch, nur um dir Gewissheit zu verschaffen. Und wie oft habe ich gefunden was ich gesucht habe. Spritzen im Kleiderschrank seiner kleinen Wohnung, versteckt auf dem Badschrank hinter einer Efeuranke. Angerußte Löffel und Filter und Feuerzeuge und Ascorbinsäure in kleinen Briefchen in einen Socken gewickelt in seiner Sockenschublade in meinem Schlafzimmer. Positive Testergebnisse aus seiner letzten Zeit zuhause bevor er auf Entgiftung gegangen ist. Im Drogenersatzprogramm war er da, hat mir immer wieder stolz erzählt, dass er außer den legalen Ersatzdrogen vom Arzt nicht mehr zum illegalen Heroin vom Bahnhofsviertel gegriffen hat, nicht mehr rückfällig wurde und sauber geblieben ist. Und wie stolz war ich auf ihn, trotz der Tage, an denen ich das Gefühl hatte er ist wieder anders als sonst, ist verschlafener, die Stimme verwaschener und der Blick getrübter. Aber Tim hat mir immer wieder versichert, dass ich ihm vertrauen kann, dass er nichts genommen hat da er unsere Liebe und seine Zukunft nicht aufs Spiel setzen will. Monatelang hat er dafür gekämpft, immer wieder Widerspruch eingelegt entgegen der Therapieablehnung, Gutachten erstellen lassen und immer wieder angerufen um doch einen Therapieplatz zugesichert zu bekommen. Und ich glaubte ihm, wollte ihm glauben, der Mann, der mich mehr liebt als sein Leben würde mich doch nicht belügen. Würde mir nicht wieder wehtun, mir kein Messer mehr ins Herz stoßen und es rumdrehen damit sich die Wunde nicht mehr schließt. Und doch hielt ich den Beweis in meinen Händen, die Unterlagen in meiner eigenen Nachttischschublade versteckt mit anderen Beweisen, dass er mich wieder und wieder aufgrund seiner geliebten Droge belogen hat. Der Zufall hatte es mir zugespielt als Tim auf Entgiftung war. Er bat mich nach Unterlagen für die Therapiestelle zu suchen und so kramte ich mich durch seine Papiere, bis mir ganz heiß wurde als ich die Testergebnisse der letzten Monate Substitution in den Händen hielt. Mit Hilfe meines Terminkalenders konnte ich die positiven Tests schnell mit den Tagen zusammenbringen an denen er mir seltsam und anders vorgekommen war. Diese Gewissheit in sich hochsteigen zu fühlen wieder Recht gehabt zu haben, diese Ohnmacht und die Hitze, die sich im Kopf vom Nacken an ausbreitet, sich über jeden Gedanken legt und ihn lähmt. Den eigenen Körper zu fühlen der einem entgleitet, zu zittern beginnt, zwischen heiß und kalt wechselt, Übelkeit die einen voll und ganz belegt, Tränen die so heiß brennen, dass sie sich anfühlen wie Säure auf der Haut. Nie wieder wollte Tim mir so etwas antun, entschuldigte sich unter Tränen immer und immer wieder, und ich hab ihm geglaubt.

Und ich glaube ihm jetzt auch, dass er mich liebt, glaube ihm dass ich einfach noch ein wenig durchhalten muss weil er sich mit seinen Gedanken mit sich selber beschäftigen muss um nie wieder in diesen zerstörerischen Kreislauf der Sucht zu geraten. Mein Kampf ist noch nicht vorbei, nur eine kleine Pause während er in der Therapieeinrichtung ist, das dachte ich. Und wir schaffen das, da war ich mir sicher, weil diese Liebe, die uns zwei verbindet alles schaffen kann. Grenzenlos ist und mit Beständigkeit und meiner Kraft alles auflösen kann was belastet, wenn wir nur zusammen halten und ich zu ihm stehe, ihn unterstütze, mich nicht beklage und für ihn da bin wann immer er mich braucht. Plötzlich bekomme ich ein schlechtes Gewissen, dass ich ihn am Telefon so angemotzt habe und so egoistisch an mich gedacht habe. Tim kämpft seit Monaten, erst um den Therapieplatz, dann gegen die körperlichen Gebrechen während des harten Entzugs auf Station im nahe gelegenen Krankenhaus, nun gegen seine Sucht, die Gedanken an die Droge. Ein Kampf, den er allein mit sich führen muss, bei dem er bei sich bleiben muss. Also stecke ich zurück, halte noch ein klein wenig durch und vertraue ihm, dass er es richtig macht. Nach der Therapie wird alles gut, die Hoffnung stirbt zuletzt und ich muss an ihn glauben und ihm seinen Freiraum gewähren, denn am Schluss wird unsere Liebe über die Drogensucht siegen und wir werden ein normales Leben führen, zusammen, nie wieder getrennt, ohne Lügen und Verstecken und Misstrauen. Nur noch ein paar Monate durchhalten für mich und unser gemeinsames Leben.

Ich sammle meine Kräfte und klappe den Toilettendeckel wieder nach unten, wasche mein Gesicht unter fließendem kalten Wasser, das an meinem Hals nach unten auf mein T-Shirt rinnt und es durchnässt. Aber es fühlt sich nun alles besser an mit der Hoffnung im Herzen und der Gewissheit, dass ich das richtige tue wenn ich zurückstecke und nicht jeden Groll ihm gegenüber äußere, der in mir brennt. Runterschlucken, Schnauze halten und Rücksicht auf Tim nehmen. Meinen Alltag so gut wie möglich schaffen, mich um meine Kinder kümmern so gut es geht und das Alleinsein aushalten, das am schlimmsten ist seit ich Tim kenne. Jeder Tag ohne ihn ist wie ein Jahr abgeschieden von der Außenwelt. Aber auch das werde ich schaffen. 'Ich bin doch schon groß' sage ich meinem Spiegelbild, lächle mir schief zu und trockne mein nasses Gesicht mit einem weichen Handtuch ab. Wir werden das schaffen, jetzt glaube ich wieder daran! Aber ob auch Tim daran glaubt? Ob er seinen Weg gehen kann, weiter, immer weiter, ohne in Stresssituationen zu den Drogen zu greifen? Ich weiß nicht, was richtig ist und was falsch, ob er sich mit Leuten beschäftigen soll, die er vor der Therapie aus der Drogenscene kennt? Oder doch den Kontakt vollkommen abbrechen?

Zurzeit redet er ständig davon sich mit einem ehemaligen guten Kumpel aus der damaligen Scene zu treffen, einer, der es laut seiner Aussage geschafft hat. Rudi. Lange Zeit drauf, dann Therapie, dann weg vom alten Umfeld und 60km weiter in der allen bekannten Großstadt wieder Fuß gefasst. Tim sagt, er ist clean. Das sagt Tim. Er ist ganz verrückt danach sich mit ihm zu treffen, wenn er Ausgang

hat, alleine raus darf in ein paar Wochen, ohne seine Begleithunde, die ihm auf Schritt und Tritt folgen. Aber ich habe kein gutes Gefühl dabei, was ist wenn dieser Rudi doch noch etwas mit Drogen zu tun hat, ihn wieder mitreißt, beeinflusst, woher soll ich das wissen? Woher soll Tim das wissen?
Mir wurde heiß, als Tim mir gesagt hat, dass er wieder Kontakt mit Rudi hat, ihn über unser gemeinsames Internetgemeinschaftsportal gefunden hat und nun öfter mit ihm schreibt, als mir lieb ist. Ich verstehe nicht, warum Tim Kontakt zu alten Leuten aufnimmt, wir haben darüber gesprochen, dass es wohl das Beste ist sich von allem fernzuhalten was auch nur im Entferntesten mit Drogen zu tun hat. Er kann sich doch einen sauberen Freundeskreis suchen, Menschen die noch niemals oder nur ganz am Rande etwas mit Drogen zu tun hatten, die normale Interessen, normale Probleme und normale Hobbies haben. Um ein sauberes Leben abseits des Drogendenkens zu bekommen. Wenn er sich mit Rudi trifft, wird doch nur wieder über Heroin, das Erlebte und über die Scene gesprochen, da bin ich mir sicher. Und ich bezweifle, dass Tim so jemals einen normalen Draht zum realen Leben bekommen wird, geschweige denn die Gedanken an die Drogen ihn nicht mehr bestimmen.
Ich denke nicht nur für mich, ich denke auch für Tim. Meine Gedanken kreisen darum, was das Beste ist für ihn, was er tun und machen könnte und ich hasse mich dafür, dass ich mehr über ihn und seinen Weg nachdenke als über mich. Aber genau das ist es eben, mein Problem. Wenn Tim nicht da ist kreisen meine Gedanken, legen sich wie Dunkelheit über meinen Körper und machen mich krank. Das ist mein Entzug. Nur wenn Tim bei mir ist, kann ich mich fallen lassen und aufhören zu denken, kann ich wieder ich selber sein und ruhig und zufrieden mein Leben führen.
Tim.
Tim.
Mein Leben.
Meine Droge.

16

Die Luft ist kühl heute, fast winterlich trotz der vorausgesagten 18°C die es heute eigentlich haben sollte. Der Himmel über der kleinen Ortschaft, in der Jessy seit ihrer Geburt lebt, mutet grau an, Wolken ziehen über sie hinweg und sie beobachtet das schnelle Vorbeigleiten der Gebilde am Himmel, die Formationen die sich über ihrem Kopf immer wieder zu neuen Figuren gestalten. Mit geübten Fingern schnippt sie die Asche ihrer halb gerauchten Zigarette in den silbernen Metallaschenbecher auf dem Bistrotisch vor dem hellbeleuchteten und gutbesuchten Friseursalon, zieht sich mit der anderen Hand die Jacke um den Hals enger und prustet laut den Rauch aus ihrer Lunge.

Sie könnte eigentlich glücklich sein. Da ist ein Mann in ihrem Leben, für den sie sich nur noch entscheiden muss. Der ihr Aufmerksamkeit entgegenbringt, sie fast mit seinen täglichen Nachrichten erschlägt, ihr liebe Worte ins Ohr flüstert und alles tun würde nur damit sie bei ihm ist. So etwas zu erleben hat sich Jessy immer gewünscht, immer diese Sehnsucht nach Liebe und einem Mann an ihrer Seite in sich getragen, der sich bemüht um sie, jeden Tag aufs Neue, und ihr die Wünsche von den Augen abliest. Und warum zum Teufel kann sie das nun nicht annehmen wo es ihr entgegengebracht wird, mit einer Wucht, die ihr fast den Atem raubt? Es ist ihr zu viel, erschlägt sie, sie kann nicht denken, denn sobald sie damit anfängt drängt sich Tim durch einen Anruf oder eine Sms wieder in ihr Bewusstsein, lässt Ihr keine Zeit um zu sich zu kommen und klare Gedanken zu sammeln, sich zu entscheiden ob sie ihn will oder nicht.

Man sollte nicht überlegen müssen, sondern auf seinen Bauch hören, das ist Jessy klar. Und ihr Bauch schreit nach ihm, möchte Zeit mit ihm verbringen, möchte wieder von ihm zum Schwimmen eingeladen werden, umgarnt werden im warmen Wasser der Therme und in den Arm genommen, angegrinst werden mit diesem Blick, der besagt: Ich will Dich, jetzt und für immer, Du bist das was ich brauche, das, was ich will!

Wie schön war das letzte Woche. Jessy seufzt beim Gedanken an diesen wunderschönen Tag, den Tim ihr geschenkt hat. Sie hat diesen Tag als "Freund" mit ihm begonnen, sie haben im Wasser gealbert und sich gegenseitig spielerisch angespritzt und sich getunkt, irgendwann hat er sie in seine Arme genommen und angefangen sie zu küssen und sie konnte sich nicht losreißen von ihm, war sofort gefangen in diesem Strudel der Glückseligkeit der immer und immer wieder Besitz von ihr ergreift, wenn sie Tim körperlich spüren kann. Auf der Heimfahrt hatte Tim seine Hand auf ihr Knie gelegt, so warm und so bewusst im Hier und Jetzt, dass sie sich kaum aufs Fahren konzentrieren konnte, so überwältigend bewusst war ihr seine Anwesenheit gewesen. Tim hat keinen Führerschein und fahren musste sie, mit ihrem kleinen blauen Flitzer. Er hatte ihr erzählt, dass man ihm diesen abgenommen hatte als man mit der Polizei und einem Durchsuchungsbefehl in sein Haus eingedrungen war, ihn verhaftet hatte aufgrund des Fundes von etlicher Menge Heroin in seiner Wohnung. Untersuchungshaft mit anschließender 3jähriger Haftstrafe in diversen Justizvollzugsanstalten waren die Folge und eben auch die Auflage, den Führerschein erneut zu machen. Doch dazu fehlte ihm im Moment das Geld und auch die Zeit, da er mit seiner Schichtarbeit nicht wirklich Termine wahrnehmen konnte.

Jessy hatte damit kein Problem in einer Freundschaft, da konnte sie schon mal als Fahrer herhalten, und eine Beziehung hatten sie ja nicht, zumindest sah Jessy es so. Sie hatte sich noch nicht entschieden.

"Ich muss ihm sagen, dass ich Abstand brauche" murmelt Jessy in ihren nichtvorhandenen Bart und sieht schnell von ihren Füßen auf, direkt in Sannes Gesicht, mit der sie ihre Pause bis zum nächsten Termin vor dem Studio

verbringt. Sanne drückt ihre Zigarette im Aschenbecher aus und greift nach ihrer grünen Kaffeetasse aus Porzellan, in dem der Kaffee in leichten Dampfwolken durch die kühle Luft schneidet.
"Wahrscheinlich hast Du Recht, Maus. Es hat ja keinen Wert wenn du dich quälst. Ich find's ja toll, dass er sich so bemüht und dir so oft schreibt, aber vielleicht ist das auch zu viel. Du kannst ja nicht mehr klar denken!"
"Nein Sanne, das kann ich nicht. Weißt Du, jedes Mal wenn ich ein wenig Abstand bekomme um wirklich drüber nachzudenken ob ich eine Beziehung mit ihm will, kommt im nächsten Augenblick eine Sms von ihm und ich bin schon wieder abgelenkt!" Jessy seufzt aus tiefstem Herzen. Ach Gott, warum ist das nur alles so schwer? Ohne Mann ist es nichts und mit Mann auch nicht.
"Na komm" Sanne stupst Jessy mit ihrem Zeigefinger in die Seite und grinst sie schief an, "du schreibst ihm jetzt einfach eine Sms, dass Du nachdenken musst und Zeit für Dich brauchst, ohne dass er sich meldet. Du musst in Ruhe nachdenken. Und wenn er sich nicht dran hält sich nicht zu melden bis du ihm deine Entscheidung mittteilst, dann ist der Kontakt sofort beendet!" Sanne zieht ihre perfekt gezupften Augenbrauen in die Höhe und wirkt somit dermaßen oberlehrerhaft, dass Jessy lauthals lachen muss und sich beinahe an dem Zigarettenrauch in ihrer Lunge verschluckt.
"Sanne du bist die Beste, das werde ich tun! Ich muss das jetzt machen, sonst werde ich nie wissen was ich wirklich will!"
Jessy greift nach ihrem Handy auf dem Tisch und fängt an zu tippen, eine lange Nachricht an Tim mit klaren Ansagen. Sie ist aufgeregt und muss den geschriebenen Text oft korrigieren, da ihre zittrigen Finger die Buchstaben verfehlen und somit unverständliche Wörter auf dem Display kreieren. Sanne sieht ihrer besten Freundin gespannt zu und wartet bis Jessy den Senden-Button betätigt.
"So, geschafft! Jetzt bin ich gespannt was darauf kommt. Wahrscheinlich wieder: Ich kann es versuchen aber ich kann es nicht dir NICHT zu schreiben, bitte verurteil mich nicht dafür, es ist wie eine Sucht Dir zu schreiben!" Erwartungsvoll sieht Jessy ihre Freundin an.
"Pfff... der mit seiner Sucht, erst die Drogen und jetzt bist Du seine Sucht oder wie? Bei Dir wird es ihm aber wesentlich schwerer sein Dich in eine Spritze aufzuziehen!" Sanne kreischt ob ihres Scherzes und Jessy verzieht nur angewidert den Mund: "Das ist nicht witzig Sanne, damit macht man keine Scherze, das ist ein ernstes Thema!"
"Ja Entschuldigung, ich wollte Dir nicht zu nahe treten, ich fand's eben gerade witzig"
Gerade als Jessy Sanne vorschlagen will wieder in die Wärme des Studios zurückzukehren, gibt ihr Handy den allzu bekannten Piep Ton für eine Sms von sich.
"Das ist Tim!" fährt es aus Jessy heraus. Aufgeregt greift sie zum Handy und öffnet die angezeigte Kurznachricht.

'Ich respektiere Deine Entscheidung und versuche mich nicht bei Dir zu melden. Nimm Dir so viel Zeit wie Du brauchst und ich hoffe Du findest für Dich den richtigen Weg, Süße. Ich bin da und warte auf Dich, denn ich empfinde sehr viel für dich. Darf ich dir wenigstens ab und zu schreiben und fragen wie es Dir geht? Ich möchte Dich ja nicht in Deiner Entscheidung beeinflussen. Alles Liebe und einen dicken Kuss, Tim'

Jessys Augen füllen sich mit Tränen, so gerührt ist sie von Tims Worten.

"Ja was plärrst denn jetzt?" schnaubt Sanne sie an, "das ist doch genau das, was du jetzt wolltest. Er gibt dir den Abstand den du brauchst und du heulst schon wieder. Was passt Dir daran jetzt nicht? Sei doch mal nicht immer so emotional, das ist ja schlimm mit Dir!"

"Ach Sanne", schnieft Jessy und kramt in ihrer Hosentasche nach einem Taschentuch, "ich weiß doch, aber ich bin jetzt so gerührt, dass er mir das Verständnis entgegenbringt und mir die Zeit gibt und ich weiß gar nicht ob ich das überhaupt alles will, wie er jetzt bestimmt leidet wenn ich mich nicht melde..." Lautstark schnäuzt Jessy sich in ihr Taschentuch und wischt sich mit dem Zeigefinger am unteren Lid die Tränen weg, damit ihre Wimperntusche durch die Feuchtigkeit der Tränen nicht verschmiert und sie aussehen lässt wie einen Zombie.

"Jetzt schreibst Du zurück er soll sich gar nicht melden bis du dich wieder meldest und dann gehst du arbeiten und heute Abend fängst du an nachzudenken was du wirklich willst. Nimm dir die Zeit Jessy, du wirst sehen, dass es dir gut tut wenn er nicht ständig um dich herum ist!"

Jessy nickt und strafft ihre Schultern, zieht geräuschvoll den Rotz in die Nase und setzt ein schwaches Lächeln auf.

"Du hast recht, wie immer! So mach ich das und dann werde ich schon sehen ob ich ihn vermisse."

Sanne klatscht ihrer Freundin mit der flachen Hand auf die Schulter und verabschiedet sich in Richtung ihres schwarzen Autos, das nebenan auf dem zum Studio gehörigen Parkplatz steht. Winkend dreht Jessy sich um und drückt die Tür auf, um in die warme und nach Shampoo und Haarspray duftende Atmosphäre des Friseursalons einzutreten.

17

Ich schaffe das nicht. Ich schaffe das alles nicht mehr. Was soll ich nur tun, was soll mit uns werden, warum ist uns kein bisschen Glück vergönnt? Ich habe so viel gegeben, bin am Ende meiner Kraft, kann morgens kaum mehr aufstehen und erledige wie unter Trance meine täglichen Pflichten, jede Handbewegung des Alltags kostet mich eine unbeschreibliche Überwindung, ein Kraftakt jeden

Tag aufs Neue und nun ist mir auch noch das einzige Highlight, das einzige was mich über Wasser hält, genommen worden.
Ich kann ihn nicht besuchen! Das Haus ist gesperrt, nach einer langen Sitzung wurde beschlossen, dass das Haus vorübergehend keine Besuche bekommen darf und auch keiner der Therapierten heraus darf. Vollidioten, Egoisten, Flachwichser! Denken nur an sich und ihre Sucht und nehmen den anderen, die wirklich kämpfen und stark bleiben, ihre Freiheit. Und den Angehörigen dazu. Wie schwer soll es uns denn noch gemacht werden? Haben wir noch nicht genug zu kämpfen? Zwei Wochen lang immer und immer wieder die Tage ohne Tim zählen, bis ich endlich ein kleines Wochenende mit ihm verbringen darf. Mich durch den Alltag kämpfen für ein kleines bisschen Nähe und Glück, für zwei unbeschwerte Tage in den Zwängen des Therapiezentrums, mich nach deren Regeln dort bewegen und nur zu bestimmten Zeiten raus und rein zu dürfen mit ihm. Aber für dieses bisschen Zweisamkeit würd ich alles geben, denn er ist mein Herz, er ist mein Atem und mein Leben, er ist mein Elixier, das mich leben und hoffen lässt!
Mein Körper wird von heftigen Heulkrämpfen geschüttelt, mal wieder, aber schlimmer als die Wochen zuvor. Verzweiflung und diese Ohnmacht, nichts an diesem Zustand ändern zu können, ergreifen Besitz von meinem völlig verwirrten Körper. Ich strecke die Hände in Richtung Decke, werfe den Kopf nach hinten und fange laut an zu wimmern, der Druck auf meiner Brust wird immer schlimmer statt besser zu werden und nachzulassen, meine Schultern beben als ich mich auf dem Dielenfußboden zusammenrolle und die Arme um meine an den Körper gezogenen Beine schlinge.
Den Kopf zwischen die Knie gedrückt lässt mich totale Fassungslosigkeit und unendliche Trauer meine blaue Jeans durchnässen. Ich nehme nicht die dunkle Kühle des Steinfußbodens an meinen nackten Füßen wahr, nicht die Stille um mich. Meine Gedanken sind nur geprägt von Verzweiflung und Angst und solch unendlicher Sehnsucht, dass das Herz in der Brust sticht und ich vor Heulen keine Luft mehr bekomme.
Diese scheiß Junkies. Diese assligen Bahnhofssüchtigen, beschissenen Drogisten, ich hasse sie, hasse sie, hasse alle, hasse die Drogen, die die Menschen immer wieder zu Tieren machen, keine Rücksicht auf Verluste, nur der Gier nach dem nächsten Schuss hinterher jagen und nach mir die Sintflut.
Es wurden Drogen im Haus verkauft und eingenommen. Das ist die Tatsache. Daraufhin wurde eine sofortige Versammlung einberufen, die Verantwortlichen zur Strafe gezogen und aus dem Haus geworfen, hinein in eine ungewisse Zukunft in der wieder gefundenen Drogenscene, die sie sich selber geschaffen haben. Und als Kollektivstrafe und Abschreckung für alle anderen eine Ausgangssperre verhängt. Tim hats mir gerade gesagt, heimlich mit dem Handy seines Zimmernachbarn telefoniert, da alle eigentlich wieder auf Punkt Null gesetzt wurden und sämtliche Kontaktaufnahme mit den Angehörigen da draußen strengstens untersagt ist.

Nur ein paar Worte, schwache Erklärungsversuche und dem Versprechen, sich zu melden sobald es geht. Wann das ist weiß er nicht.
Und jetzt sitze ich hier, zusammengeklappt an die Wand gelehnt in der dunklen Diele meiner Wohnung. Kein Laut dringt aus den Zimmern, die Wohnung ist leer, die Kinder wie jeden zweiten Freitag bei ihrem Papa. Ich bin allein. Und werde es bleiben an diesem Wochenende. Und vielleicht noch Wochen länger. Es hört nicht auf, es hört nicht auf, dass uns Steine in den Weg gelegt werden, jetzt wo eigentlich ein guter Weg für uns gewesen wäre, die Zukunft für uns so langsam beginnt.
Ich würde kotzen wenn ich auch nur annähernd etwas in meinem Magen hätte. Auf der Stelle würde ich mich hier und jetzt übergeben, nur um wenigstens ein klein bisschen den Druck loszuwerden, den ich seit über einem Jahr in mir trage, seit dem Tag, an dem ich herausgefunden habe, dass Tim wieder voll auf Droge ist, ihn die Nadelgier wieder völlig im Griff hat.
Doch es geht nicht. Die einzige Möglichkeit meine geschundene Seele, die tiefe Verzweiflung und meine körperlichen Belastungen für ein paar Stunden verschwinden zu lassen, wurde mir mit diesem Anruf eben genommen.
Mit leeren Augen starre ich trüb und völlig bewegungslos immer noch in dieser Kauerhaltung sitzend an die gegenüberliegende Wand. Im Hausflur höre ich Kinderlachen, das mich nur noch weiter in mein Loch fallen lässt, glückliche Kinder die mir meine Situation nur allzu deutlich bewusst machen, in der ich mich befinde. Ich bin allein. Mein zweites Ich ist kilometerweit entfernt von mir und führt seinen eigenen lebenslangen Kampf, aber mit Hilfe von Therapeuten und Betreuern. Er ist nicht allein, muss nicht den Alltag stemmen so wie ich. Ein Alltag, der mir zu viel ist, der mich täglich mehr schwächt und dem ich schon lange nicht mehr gerecht werde.
Ich könnte schreien, aber selbst dazu fehlt mir jede Kraft. Ich kann mich nicht bewegen, bin wie erstarrt, selbst meine Gedanken scheinen in diesem Moment zu schwach zu sein um zu mir durchzudringen, mein Akku ist leer. Ausgebrannt. Am Ende. Exitus.
Wie nur kann es sein, dass einem ein Mensch so wichtig ist, dass seine Existenz einen am Leben hält, dass man sein Glück nur in seiner Nähe findet und ohne ihn wie ein Stück Treibholz ist, das von den Gezeiten und den Wetterverhältnissen auf dem Fluss des Lebens hin und her geworfen wird ohne selber die Richtung bestimmen zu können? Diese tiefe Liebe, die einen komplett in seinen Besitz nimmt, einem seinen Lebenssinn gibt und einen glücklich macht, lachen lässt, wie kann diese Liebe existieren? Niemals habe ich etwas Vergleichbares gelebt, erlebt, nur in Büchern darüber gelesen, in fiktiven Romanen mit ausgeschmückten Erzählungen geschmökert und mir gewünscht so etwas ein einziges Mal in meinem Leben erfahren zu dürfen. Ich dachte nie, dass es in der Realität auch nur annähernd so ein Gefühl geben könnte, diese faszinierende Selbstaufgabe, diese unendliche Liebe zum Partner und dieses Glückseligsein und Schweben bei jedem Blick, jeder Bewegung. Stundenlang bin ich neben Tim

gesessen wenn er auf der Couch mal wieder eingenickt war abends beim Fernsehen, habe ihn studiert, jede Falte, jede Linie seines Gesichtes nachgefahren. Jeden Millimeter Haut an ihm in meine Fingerspitzen eingesogen, jedes Härchen in mich aufgenommen, mir ein Kunstwerk angesehen, das so faszinierend und liebenswert ist, dass mir still die Tränen über die Wangen liefen vor lauter Glück und Dankbarkeit so etwas zu empfinden. Ich habe Gott dafür gedankt diese Liebe in mein Leben gelassen zu haben, dies erfahren zu dürfen für einen Menschen so viel zu empfinden, dass man überläuft vor Glück und Seligkeit. Ich habe ihm gedankt mein zweites Ich gefunden zu haben und trotz der ganzen Schwierigkeiten mein Puzzlestück bei mir zu haben.

Nächtelang haben wir uns in den Armen gehalten, haben uns zugeflüstert wie sehr wir uns lieben und brauchen, wie froh und glücklich wir sind den anderen zu haben. Tim hat mir immer wieder ganz nah am Ohr gesagt wie sehr er mich liebt und braucht, und dass ein Leben ohne mich nicht lebenswert ist für ihn. Ihn zu spüren, zu fühlen, bei mir zu haben und gehalten zu werden, das ist meine Erfüllung, der Sinn meines Lebens. Nichts anderes hat mich so zuhause ankommen lassen in meinem Leben wie dieser Mensch.

Und nun werde ich weiter auf ungewisse Zeit warten müssen, dieses Gefühl wieder erleben zu dürfen. Meine Zuflucht hat man mir genommen damit, mein Zuhause in seinen Armen, meine Beruhigung und mein Seelentrost sind geraubt. Zerrissen bin ich, entzweit, meine Seele geschunden und der Körper schwach, krank, energielos.

Ich taste mich mit den Händen an der rauen kalten Wand entlang nach oben, bis ich zum Stehen komme. Schritt für Schritt tapse ich mit nackten, kalten Füßen in die Küche, die aussieht wie nach einer mega Party. Überall stehen Tassen, Teller und Gläser, die Tür zum Abfall steht offen und zeigt einen vollen Korb, der überquillt vor Müll und längst geleert werden müsste, aber auch dazu fehlt mir die Kraft. Ich bekomme nichts auf die Reihe ohne Tim, bin ein Loser, ein Sammler, kraftlos, atemlos, allein. So schrecklich allein.

Am liebsten würde ich auf der Stelle tot umfallen, um dieses Loch und diese schreckliche Einsamkeit los zu werden, die sich wie ein Schatten über mich gelegt hat und mich lähmt, mich mit Dunkelheit belegt und mir jeden Lebenswillen raubt. Und doch halten mich meine Kinder irgendwo tief im Herzen und in Gedanken davon ab, denn ich weiß, dass ich als Mutter Verantwortung habe und sie nicht allein lassen kann und das auch nicht werde.

Party und Alkohol, das sollte ich heute Abend nützen, um mich abzulenken und meine Zeit totzuschlagen bis ich etwas von Tim höre, weiß, wann mein Leben weiter geht und ich endlich wieder einen Sinn darin sehe. Aus dem Kühlschrank hole ich eine Flasche Rotwein, die ich mir für Sonntagabend bereitgestellt hatte. Ohne Wein einzuschlafen ist in letzter Zeit beinahe unmöglich, ich weiß, dass Alkohol keine Lösung ist und abhängig macht, aber ich habe die Gewissheit, dass ich das im Griff habe und das nur vorübergehend brauche bis Tim wieder hier bei mir ist und ich endlich wieder ein Ganzes sein darf.

Der Korken ploppt und mit zittrigen Fingern greife ich mir ein sauberes Weinglas aus dem Hängeschrank über dem Spülbecken, stelle es auf die dunkle Arbeitsfläche und der dunkle, süße Rotwein fließt wie frisches Blut gluckernd in das große Glas.

18

"Doch, doch, ist ganz lustig heute" schreit Jessy Sanne durch den lauten Musikpegel in der Diskothek zu. Sie versucht ein Grinsen, das ihr kläglich misslingt und wackelt ein wenig mit den Hüften zum Takt der Musik, um ihrer Freundin zu zeigen, dass sie jede Menge Spaß hat. Und dennoch ist sie ständig am Suchen irgendwie, sieht verstohlen nach links und rechts, dreht sich von einer Position ihres Barhockers in die nächste und ist enttäuscht aber auch glücklich, dass sie nicht das gesehen hat, was sie unbewusst sucht. Tim. Wieso auch sollte er hier sein heute, da er doch weiß, dass sie jedes freie Wochenende abends hier verbringt in ihrer Stammdisko, mit ihrer besten Freundin und einem Haufen Mädels, die sich immer wieder um sie scharen. Er hat sein Versprechen gehalten und sich nicht gemeldet die letzten Tage und somit konnte sich Jessy auch irgendwie freier bewegen, der ständige Blick auf ihr Handy, ob sie nicht doch eine Sms von ihm verpasst hat, wurde auch immer weniger und sie fühlte sich gut damit. Doch langsam kriecht das Vermissen in ihr hoch, sie vermisst seine täglichen Nachrichten, seine liebe Art ihr zu sagen wie sehr er sie mag und begehrt. Sie vermisst seine Aufmerksamkeit und seine Nähe, seinen Geruch und die Wärme seiner Haut, sie vermisst seine Berührungen die für ihn bei ihren Treffen schon so selbstverständlich sind wie das Luftholen. Sein Grinsen und die Art wie er sich bewegt, wie er spricht und wie er geht, immer ein bisschen schneller als alle anderen, ein wenig wie gehetzt, als stünde er unter Zeitdruck. Das kommt aus den Zeiten in denen er sich Stoff besorgen musste, hatte er Jessy erklärt. Er musste immer sehen, dass er schnell zum Dealer kam und auch schnell wieder weg, entweder weil zu viel Polizei unterwegs war oder aber der Drang nach dem Zeug schon überhandnahm.
Tim erzählt viel aus seiner Drogenzeit, aber er sagt dass er damit verarbeitet und es schafft sauber zu bleiben, wenn er darüber redet. Vor allem aber möchte er, dass Jessy alles darüber weiß, damit sie ihm vertrauen kann, weil er keine Geheimnisse vor ihr haben will.
Und sie weiß das zu schätzen, denn Ehrlichkeit ist ihr wichtiger als alles andere im Leben. Ein Mensch kann noch so hübsch sein, wenn er nicht ehrlich ist, dann ist die ganze Schönheit für die Katz. Lügen machen auch den schönsten Menschen charakterlich hässlich. Denkt Jessy.

"Ja ich weiß schon auf wen Du wartest! Aber er hat gesagt er lässt dich in Ruhe überlegen, Jessy, also genieß endlich den Abend, flirte, tanze, trinke und lache, Mensch!" Sanne lallt schon ein klein wenig vom Alkohol, immerhin hatten sie schon etliche Runden Tequila Zimt, ihr Lieblingsbeigetränk in ihrer Disco. Na wenn Sanne das sagt, dann wird das so gemacht. Jessy lächelt und bestellt noch eine Runde Tequila, winkt dem Typen an der Längsseite der Bar fröhlich zu und entscheidet sich ab jetzt jeden Gedanken an Tim beiseite zu schieben und einen schönen Abend zu haben. Morgen kann sie weiter darüber nachdenken ob sie ihn nun an ihrer Seite haben möchte oder lieber Abstand wahrt.

19

Was hab ich nur getan? Hab ich etwas getan, habe ich nichts getan? Was habe ich angestellt? Ich hab alles nur noch schlimmer gemacht. Ich dachte es geht nicht schlimmer, aber jetzt ist alles schlimmer als zuvor und ich allein bin schuld daran. Warum nur musste ich weg gehen, musste aus Frust trinken, zuerst den Wein zuhause und dann noch weiter in der Disco, es war klar dass das nicht gut gehen kann.
Ich weiß, wie ich die ersten Drinks bestellt habe, ich weiß, wie ich getanzt habe und dann eine Bekannte noch mit einer Flasche Sekt vorbei kam, ab da weiß ich nichts mehr, bis ich zuhause in meinem Bett lag. Was nur habe ich getan? Vorhin rief mich eine Freundin an um zu sagen, dass sie mich Freitagabend mit einem Typen Arm in Arm an der Bar stehen sah. Stand ich da nur mit einem Bekannten, einem von vielen, mit denen man eben lacht und trinkt, und dann wieder weiter feiert? Oder stand ich da mit einem Typen, mit dem ich vielleicht etwas angestellt habe? Tief im Inneren glaube ich das nicht, glaube nicht, dass ich mehr getan habe als eben zu lachen, freundschaftlich den Arm herumzulegen und einen Schnaps zu trinken. Aber ist es wirklich so gewesen? Warum zum Teufel kann ich mich nicht erinnern?
Musste es aus lauter Frust, Verzweiflung und Kraft- sowie Hoffnungslosigkeit so weit kommen, dass ich mir dermaßen die Kante gebe und mich an nichts mehr erinnern kann?
Tim hat angerufen und gesagt dass die Telefonsperre mittlerweile aufgehoben ist. Und er hat gemerkt, dass etwas mit mir nicht stimmt. Ich musste es ihm erzählen, ich bin kein Lügner, kann nicht geheim halten dass ich aus Frust über das verlorene Wochenende mit Tim abends weggegangen bin, mit einer Flasche Rotwein als Vorlauf und etlichen Drinks danach, nur um mich ein wenig besser zu fühlen und auch endlich einmal abschalten zu können. Ich wollte ein einziges Mal vergessen, nichts hilft mir dabei, nicht die beinah täglich gewordene Flasche

Wein als Einschlafhilfe, keine Meditationsmethode, keine Badewannensession mit Musik und Kerzen.
Und jetzt habe ich vergessen. Ich krame in den Tiefen meines verkaterten und geschundenen Gehirns nach dem Ablauf des gestrigen Abends und finde - Nichts!
Tim ist ausgeflippt, denkt nun ich hatte etwas mit diesem Typen an der Bar, er hat Kopfkino, stellt sich vor wie ich mit einem anderen rumknutsche und mir dort das hole, was ich so lange von ihm nicht bekomme aufgrund des Abstands. Aber würde ich so etwas tun, würde ich das übers Herz bringen, wo ich doch nur Tim liebe und zwar so sehr, dass nichts anderes mir hilft meinen Alltag zu leben? Ich habe solche Angst Tim zu verlieren, so viel, dass ich mich nun auch endlich mal erfolgreich übergeben konnte, endlich einmal losgeworden bin, was ich am Tag zuvor in mich reingesoffen habe. Aber Erleichterung hat mir das auch nicht gebracht, nur zusätzlich diesen bitteren Geschmack im Mund, den nicht mal mehrmaliges Zähneputzen wieder losbringt.
Ich atme viel zu schnell, bin völlig durch den Wind, versuche meine noch alkoholgeschwängerten Gedanken in eine Richtung zu bringen. Tim redet von Therapieabbruch, dass er es nun dort nicht mehr aushält, und ich versuche ihn verzweifelt davon zu überzeugen, dass das nichts bringt, dass er dort bleiben soll, weiter kämpfen, versuchen mit einem Therapeuten darüber zu reden und das zu verarbeiten. Ich kann sagen zu ihm was ich will, er glaubt mir nicht, misstraut mir, bauscht sich in seiner Verletztheit auf, obwohl ich im Gegensatz zu ihm, ihm nie auch nur ansatzweise einen Grund gegeben habe mir nicht zu vertrauen. Ich war immer für ihn da, auch in der Zeit als er mich täglich aufs neue zutiefst verletzt hat mit seinen Lügen und Geschichten, mit seinem Beklauen und drogenverstellten Gesicht, einem Gesicht, das ich so liebe und doch im Rauschzustand so abgrundtief hasse.
Ich war beständig, war ehrlich, war für ihn da und hätte nicht nur einmal alles hinwerfen können und wollen. Doch die Liebe zu ihm hat mich weiter durchhalten und verzeihen lassen.
Und nun habe ich einen Fehler gemacht und zu viel getrunken, alles nur einmal vergessen, und er behandelt mich als wäre ich ein Mörder, Abschaum.
Er will nicht mehr mit mir reden, muss sich erst klar werden wie er nun mit mir und der Situation umgeht. So oft habe ich versucht anzurufen, doch er geht einfach nicht an sein Telefon, ruft nicht zurück, obwohl er gesehen haben muss, dass ich angerufen habe. Auf keine meiner Sms bekomme ich eine Antwort, er schweigt sich aus, egal wie flehentlich ich ihn anbettle sich zu melden und mit mir zu reden.
Er suhlt sich in seiner Verletztheit, in dem was er sich im Kopf vorstellt was Freitagabend passiert sein könnte. Er gibt mir keine Antwort auf meine Fragen, kein Lebenszeichen, nichts.
Ich wusste nicht, dass es noch schlimmer kommen kann. Ich konnte mir nicht vorstellen noch verzweifelter zu sein als ich es bisher war, aber nun mit der

Angst im Nacken ihn durch diesen einen Abend vielleicht für immer verloren zu haben, geht es mir noch beschissener als zuvor.

Das perfide und urkomische an der ganzen Situation ist, dass ich mit der ganzen Drogengeschichte, die ich durch Tim mitbekommen habe, nicht einmal mehr Kopfschmerztabletten zu mir genommen habe, aus Angst resistent zu werden und vielleicht irgendwann tablettenabhängig. Ich wollte Drogen jedweder Art aus meinem Leben streichen, es reicht wenn einer in diesem Sumpf versinkt und da musste ich nicht auch noch reinrutschen.

Anfangs, als Tim auf Therapie gegangen ist, gönnte ich mir hin und wieder abends ein Glas Wein, um nicht stundenlang in meinem Gedanken- und Gefühlskarussell wach zu liegen und mit Herzschmerz und Wehmut festzustellen, dass ich nur noch 4 Stunden habe, bis der Wecker wieder klingelt und ich mich erneut dem Alltag stellen muss. Doch immer öfter wurde aus dem Glas die ganze Flasche, ich trank sie in letzter Zeit wie Wasser, führte stundenlange Gespräche mit einer Freundin am Telefon, beschwingt durch den Wein und meine Sorgen kurzzeitig vergessend, lachend, kichernd, bis das Karussell im Bett dann anfing sich zu drehen und mir nicht den erhofften schnellen Schlaf brachte, den ich mit einer geringeren Menge Alkohol erreicht hatte.

Aber ich wusste immer, ich hatte das im Griff. Ich wusste, wenn Tim nach Hause kam, dann brauchte ich den Wein nicht mehr, dann brauchte ich keinen Alkohol, dann war mein Ersatz für ihn nicht mehr nötig, denn dann hatte ich das, was mir mehr fehlte als Essen und Trinken am Tag, meinen Tim, mein zweites Ich, die Liebe meines Lebens!

Und nun musste ich mit Entsetzen feststellen, dass ich nichts mehr im Griff hatte. Dass der Alkohol mich so weit gebracht hatte alles, wirklich alles zu vergessen, und ich auch noch Tim damit aufs Spiel setzte. Aus der Hoffnung Ablenkung und Erlösung im Suff zu finden, war Ekel vor mir selber geworden. Da, wo ich nie hinwollte, hatte die Situation mich gebracht.

Ich schlage die Hände vors Gesicht als mich diese Erkenntnis trifft. Tims Drogenkonsum hat mir absolut die Realität verschoben, mich Sachen weniger schlimm sehen lassen als sie sind, mir Angst vor Dingen gemacht, die eigentlich normal sind. Ich habe Angst, wenn Tim zu lange im Badezimmer braucht, weil mich die Erfahrung gelehrt hat, dass er sich dann einen Schuss setzt. Ich habe Angst, wenn ich meine Besteckschublade aufziehe und Löffel sehe, da ich weiß dass er diese oft dafür entfremdet hat sich sein Heroin aufzukochen. Ich habe Angst, das Wort Heroin überhaupt in den Mund zu nehmen, da diese gefährliche Droge für mich zu so etwas alltäglichem geworden ist. Früher kannte ich das nur aus Film und Fernsehen, mittlerweile bestimmt es indirekt mein Leben.

Ich weiß nicht was ich tun soll, ich bin gelähmt vor Angst und schreie innerlich laut, weil ich Tim nicht verlieren will. Nicht jetzt, nach diesem langen Kampf ums Clean sein, nicht jetzt nach diesen ganzen Hürden, die er und die Droge uns geschaffen haben. Nicht jetzt, nach dieser Zeit, da ich endlich wieder langsam vertrauen lerne.

Ich kann ihm einfach nur seine Zeit geben, die er jetzt braucht um sich klar zu werden ob er mir vertraut oder die Zweifel in mich so sehr daran nagen, dass er nicht damit klar kommt.
Ich sehe zum Himmel auf, sehe wie sich die Wolken beiseiteschieben und die Sonnenstrahlen Bahn brechen, sich mir entgegenstrecken. Ist das ein Zeichen, dass alles gut wird oder verhöhnt mich der Himmel ob meines Fehlverhaltens, foltert mich mit Fröhlichkeit?
Tim, o mein Tim, ich liebe und brauche Dich so sehr, wie soll ich nur ohne Dich leben?!

20

"Wir müssen uns treffen, Jessy, ich muss Dir etwas sagen, ich habe eine riesen Dummheit gemacht!"
Tims Stimme spricht leise ins Handy, direkt an Jessys Ohr und sie muss sich konzentrieren um ihn zu verstehen, so leise nuschelt er in den Hörer. Gerade wollte sie aufstehen um wie jeden Sonntag mit den Kindern zu frühstücken, der einzige Tag in der Woche, an dem sie sich morgens wirklich Zeit für sie nimmt, an dem sie Ihnen nicht nur Toastbrot sondern Aufbacksemmeln, Wurst, Marmelade, weichgekochte Eier serviert und sich mit ihnen an den kleinen Küchentisch setzt, der unter der Woche normalerweise mit Papieren, Flaschen, Kaffeetassen und etlichem Plunder übersät ist.
Es hat sie überrascht Tims Nummer auf dem Display zu sehen, er hatte sich jetzt eine Woche zurück genommen und sie in Ruhe überlegen lassen, keine einzige Sms geschrieben und sie auch nicht angerufen. Sie war kurz davor sich für ihn zu entscheiden, und dafür, es miteinander zu versuchen. Und nun rief er sie an, was nur war passiert?
"Pass auf Tim, wir können uns treffen, auf dem Spielplatz bei Dir um die Ecke, ich bringe aber die Kinder mit, das heißt keine Berührungen, Küsse oder dergleichen, ja? Ich möchte nicht, dass die Kinder mehr mitbekommen als Freundschaft zwischen uns beiden, das ist mir sehr wichtig! In zwei Stunden bin ich da!" Jessy spricht schnell, damit er sie nicht unterbricht, sie ist aufgeregt, möchte wissen was Tim angestellt hat und gleichzeitig freut sie sich wahnsinnig darauf ihn endlich wieder zu sehen. In seine sanften Augen zu sehen, ihn vielleicht freundschaftlich zu umarmen und seine Nähe zu genießen.
"Lukas, Andrea, kommt ihr mit zum Frühstücken an den Tisch! Wer möchte ein Ei von Euch zweien?" - "Ich, ich" schreien beide um die Wette und trotz ihrer Aufregung vor dem Treffen mit Tim muss Jessy lachen. Wie fröhlich die zwei sind, und wie schnell sie rennen um erster am Tisch zu werden. Sie holt die Brötchen aus dem Backofen, verbrennt sich fast die Finger an den aufgeheizten

Backteilchen, versucht gleichzeitig die Kaffeemaschine und die Mikrowelle zum Laufen zu bringen. Am Tisch ist ein Streit ausgebrochen, der ihr in den Ohren klingt, sie hat keine Nerven dafür wenn ihre Kinder streiten, das merkt sie immer und immer wieder. "Schluss jetzt" ruft sie ihnen zu und erschrocken lässt die vierjährige Andrea das Kinderbuch los, das ihr zwei Jahre älterer Bruder Lukas mit ruckartigen Bewegungen versucht an sich zu bringen. Durch das Loslassen fällt Andrea mit einem Schwung nach hinten und stößt mit dem Kopf gegen das Rückteil der Eckbank. Augenblicklich fängt sie an zu weinen und auch Lukas hat aus Mitleid mit ihrer angeschlagenen Schwester Tränen in den Augen. "Das wollt ich nicht, Mama, das wollt ich nicht" schnieft er immer wieder vor sich hin. Jessy lässt die Kaffeetasse stehen, legt das Brötchen auf die Arbeitsfläche und läuft zu Andrea hinüber, die immer noch weint. Sie tut sich schwer ihr Mädchen zu trösten, aber eine Mama macht das und so nimmt sie die Kleine in den Arm und streichelt ihr über ihre viel zu langgewordenen braunen Haare, wiegt sie hin und her und flüstert ihr ein leises "schhhhhh, ist ja schon gut, mein Schatz" ins Ohr. Langsam verebbt das Schluchzen in ihren Armen und nun zieht Andrea geräuschvoll den Rotz in der Nase hoch und grinst mit Tränenverschmierten Augen zu ihr hinauf: "Hat ja gar nicht weh getan!" "Ach Andrea" ruft Jessy leicht ärgerlich und steht auf, um die Frühstücksvorbereitungen zu Ende zu bringen.
"Was haltet ihr davon wenn wir nach dem Frühstück auf den Spielplatz gehen?" Ein fröhliches und glückliches "Ja" von beiden Seiten bestätigt Jessy in ihrer Vormittagsplanung. Also die Kinder sind ihr heute bei ihrem Treffen mit Tim schon einmal wohlgesonnen und durch diverse Spielgeräte hoffentlich genügend abgelenkt, so dass sie sich in Ruhe auf Tims Stimme und seine Worte konzentrieren kann.
Die Körnersemmel mit Sauerkirschmarmelade schmeckt Jessy nicht so richtig, fühlt sich im Mund eher an wie Pappkartonmatsche, sie kann kaum schlucken weil ihr Mund so trocken ist, und ein leichter Druck legt sich auf ihre Brust, ihr Bauch beginnt zu grummeln und sie merkt, dass sie schwitzt. Sie muss sich unbedingt waschen und umziehen, damit sie frisch riecht und gut aussieht für Tim. Tim riecht nie nach Schweiß, riecht immer neutral und höchstens nach Parfum. Selbst in dieser einen Nacht, als sie sich das erste Mal in den Armen lagen, selbst da konnte sie in ihrem Rausch keinen Schweißgeruch feststellen. Jessy fand das komisch, weil jeder Mensch irgendwann riecht, vor allem nach so viel Anstrengung. Beim Gedanken daran wird sie rot im Gesicht, spürt wie ihr Heiß das Blut in die Wangen schießt und sie sieht sich verstohlen nach den Kindern um, die aber immer noch fröhlich vor ihrem Frühstück sitzen und mit vollem Mund quatschen und lachen.
"Die Mama geht mal eben ins Bad, gell, esst Ihr zwei einfach fertig, ich bin gleich wieder da!"
Ein weiteres fröhliches "Ja" von Lukas Seite verfolgt sie auf dem Weg durch die enge, lange Diele um die Ecke ins Badezimmer. Im Spiegel sieht sich Jessy an

und stellt fest, dass sie noch ganz schön viel zu tun hat an sich, denn mit verwuschelten Haaren und ungezupften Augenbrauen kann sie sich ja schlecht Tim gegenübertrauen. Sie kräuselt die Lippen zu einem Kussmund und haucht dem Spiegel einen sanften Luftkuss zu, greift nach der Pinzette im oberen Schrankfach des Spiegelschrankes und versucht den Härchen über ihren Augen zu Leibe zu rücken, was gar nicht so einfach ist. Ihre zittrigen und vor Aufregung feuchten Hände greifen mit der Pinzette ständig daneben und sie muss aufpassen, dass sie nicht statt eines Härchens ein Stück Haut zwischen die zwei Metallkneifer bekommt. Schließlich ist Jessy ganz zufrieden mit ihrem Ergebnis und zieht sich so schnell es geht aus, um unter die Dusche zu springen. Mist, weder die Achseln noch die Beine hat sie rasiert, aber egal, so warm ist es heute ja nun auch wieder nicht, zumindest nicht kurze-Hosen-tauglich, also lässt sich das alles noch gut verstecken.

Jessy wäscht sich schnell unter dem warmen Wasserstrahl, der aus dem Duschkopf fließt, hält sich nicht lange mit Bauch und Hüften auf, die sie nicht ausstehen kann. Verformt seit den Schwangerschaften, aus dem Lot geraten, so würde sie ihren Bauch bezeichnen. Da ist nichts Festes daran zu finden, Schwangerschaftsstreifen in unterschiedlichen Farbnuancen ziehen sich rings um den Nabel bis hin zur Hüfte und lassen ihren Bauch aussehen wie eine Strumpfhose mit vielen, vielen Laufmaschen, nur dass man den Bauch nicht einfach wie eine kaputte Strumpfhose in den Müll werfen kann, sondern sein Leben damit verbringen muss.

Jessy ist unbegreiflich wie ein Mann irgendetwas unterhalb ihrer Schultern auch nur im Ansatz schön finden kann. Sie sieht sich nicht gerne im Spiegel an, der ihr jeden Mangel ihres Körpers immer wieder scharf und klar und in allen erdenklichen Facetten aufzeigt.

Dir rund 10 Kilo Übergewicht, die sie seit den beiden Schwangerschaften mit sich rum trägt und auch trotz sämtlicher halbmüder Diätversuche nicht wegbekommen hat, tun ihr Übriges dazu und lassen ihren Bauch fast aufgesetzt aussehen.

Sie seufzt laut, dreht das Wasser ab und greift durch den blau gemusterten Duschvorhang nach dem großen, weißen Handtuch, das sie sich auf dem Toilettendeckel neben der Dusche vorher schon bereit gelegt hat.

Der Rest ist schnell erledigt, die Haare geföhnt, die Haut eingecremt und mit Deodorant und Parfum an beinahe jeder Stelle ihres Körpers aufgewertet. Nackt tapst sie mit noch feuchten Füßen durch den nun kalt empfundenen Gang zwei Zimmer weiter in ihr Schlafzimmer, in dem sich wie immer Wäscheberge in Wäschekörben auf dem Boden stapeln, Klamotten über den Boden und einen Teil des Bettes verteilt liegen und durch die geöffnete Schranktür ein Blick auf chaotisch durcheinander fliegende Kleidungsstücke fällt.

Was nur soll Jessy anziehen? Ihre Lieblingsjeans, entscheidet sie schnell, und den schwarzen Pullover, der ihr ihrer Meinung nach so gut steht. Darunter ein T-Shirt, nicht zu eng, so dass es am Bauch nicht arg anliegt, und dann müsste es

warm genug sein, dass sie sich eine Jacke sparen kann. Sie mag Jacken nicht, findet die tragen auf und verleihen ihr optisch noch einmal fünf Kilo mehr, was sie nicht besonders vorteilhaft aussehen lässt.
"Los Kinder, anziehen, wir fahren zum Spielplatz!"
Bis sie die Kinder samt Wechselkleidung, Sandeimerchen und Spielsachen im Auto hat, angeschnallt und selber reisefertig, dauert es eine Weile. Sie schnallt sich mit nervösen Fingern den Gurt um, versucht nicht auf das Gezanke auf dem Rücksitz zu hören, und klappt noch schnell den Schminkspiegel in der Sonnenblende nach unten. Gut sieht sie aus, nicht zu sehr geschminkt, nur ein wenig Make-up, Kajal und Wimperntusche, auch die Haare hat sie heute super hinbekommen, sie gefällt sich selber so gut, dass da gar nichts mehr schief gehen kann. Obwohl Tim sie auch mit verlotterten und verwuschelten Haaren schon gesehen hat und sie attraktiv fand, aber man sollte sich schon schön machen und irgendwie will sie ihm ja auch gefallen.
Jessy startet das Auto, was gar nicht so leicht ist wenn das Bein leicht zittert, das Herz laut schlägt und die Schmetterlinge im Bauch ihr jedes Blut aus dem Kopf stehlen. Irgendwie schafft sie es zum Spielplatz und sieht mit klopfendem Herzen Tim schon von weitem auf einer Bank neben dem Sandkasten sitzen. Jessy muss grinsen, ganz automatisch und voller Euphorie scheucht sie die Kinder samt Spielzeug aus dem am Straßenrand geparkten Auto auf den weitläufigen Platz mit den vielen Spielgeräten.
"Das ist Tim" ruft sie den bereits vor Freude davonspringenden Kindern zu, die ganz automatisch ein "Hallo Tim" durch die an ihnen vorbeiziehende Luft werfen.
Tim steht auf, als sie auf ihn zu geht, streicht mit den Händen über seine hellblaue Jeans und lächelt ihr fast ein wenig schuldbewusst mit gesenktem Kopf zu.
"Jessy" sagt er und sieht ihr in die Augen, als sie vor ihm stehenbleibt und ihre Tasche auf der Bank abstellt. "Es tut mir so leid, dass ich mein Versprechen gebrochen und mich bei Dir gemeldet habe, bevor du dich entschieden hast. Ich hab dich so sehr vermisst!"
Tim nimmt sie zögerlich in die Arme und obwohl Jessy sich so nach dieser Umarmung gesehnt hat, macht sie sich ganz steif, damit die Kinder nicht sehen können, dass da mehr ist zwischen ihr und Tim, als nur bloße Freundschaft.
"Ja, Tim, ich weiß nicht was ich sagen soll, aber du hast mir auch gefehlt wenn ich ehrlich bin!" Jessy schiebt ihn auf Armeslänge von sich und sieht ihn an.
Er ist blass, schmaler geworden und scheinbar geht es ihm nicht besonders gut.
"Tim, was ist passiert?"
"Ich weiß nicht, wo ich anfangen soll, Jessy. Am besten da, wo du mir geschrieben hast, dass du eine Auszeit brauchst um über uns nachzudenken"
Gemeinsam setzen sie sich auf die Holzbank, Jessy ein klein wenig schräg, das linke Bein auf das rechte Knie gestützt, so dass sie ihn von der Seite ansehen kann. Den linken Arm lässt sie über die Rückenlehne der Bank baumeln und Tim

macht das gleiche mit seinem rechten Arm, berührt unsichtbar für Außenstehende hinter der Rückenlehne ihren Unterarm. Jessy jagt diese Berührung richtige Stromstöße durch den Körper und sie atmet merklich schneller.

"Hast Du Dich nicht gewundert, dass ich mich wirklich nicht bei dir gemeldet habe? Ich hab dir doch so oft geschrieben, dass ich dich nicht einfach in Ruhe lassen kann, es geht nicht, du bestimmst meine Gedanken Tag und Nacht, Jessy! Nun, Du hast mir diese Sms geschrieben, dass Du nachdenken musst und ich mich so lange nicht melden soll, bis Du Dich meldest, bis Du Dich entschieden hast. Jessy, mir gings so beschissen, ich hatte solche Angst, dass ich Dich wieder verliere. Du bedeutest mir jetzt schon so verdammt viel, es ist, als hätt ich mein Leben lang nur auf Dich gewartet!"

Jessy ist gerührt von Tims Worten, sie greift hinter der Bank nach seiner weichen, heute eiskalten Hand und drückt sie ganz fest.

"Es fiel mir so schwer, Dir nicht zu schreiben, dich nicht anzurufen an dem Tag. Ich wollte mich ablenken und bin deswegen abends in die Stadt gefahren und hab mich dort in eine Bar gesetzt und ein bisschen was getrunken. Jessy glaub mir, ich wollte das nicht, aber dort kam ein alter Bekannter und wir haben geredet und er hat gemerkt, dass es mir nicht gut geht und deswegen hat er mir etwas angeboten."

Tim sieht zu Boden und entzieht Jessy seine Hand, legt die gefalteten Hände auf sein rechtes Knie während er mit dem linken Fuß Kreise in den sandigen Boden zaubert.

"Ich hab's genommen, Jessy, ich dachte mir ein einziges Mal kann nicht schaden und mir gings wirklich nicht gut damit keinen Kontakt zu Dir zu haben. Ich bin nach Hause gefahren und hab mir das Zeug in die Adern gejagt...-"

"Tim -" wirft Jessy entsetzt und geschockt ein.

"Nein Jessy, lass mich bitte erzählen, ich schäme mich doch sowieso schon so dafür, aber ich möchte ehrlich zu Dir sein, denn ohne Ehrlichkeit klappt das nicht mit uns, das weiß ich!"

Jessy schlägt die Hände vors Gesicht, tausend Sachen gehen ihr durch den Kopf und sie ist wütend, enttäuscht, traurig, alles zugleich, dass Tim so Etwas machen konnte.

"Ich habe keine Ahnung was dann passiert ist, ich weiß nicht mehr viel, nur dass es mir nicht gut ging und überall weiße Mäuse krabbelten und versuchten mich zu fressen. Ich muss wohl so laut geschrien haben, dass meine Mutter aus der Wohnung unter mir hoch gekommen ist und mich dort in einer Ecke gekauert gefunden hat. Sie hat den Notarzt gerufen und die haben mich ins Krankenhaus gebracht. Dort bin ich irgendwann zu mir gekommen und mein erster Gedanke galt Dir und dass ich so eine Scheiße gebaut habe. Es tut mir so schrecklich leid. Ich wollte raus, wollte gehen, aber sie haben mich nicht gelassen und ich hatte weder Geld noch sonst etwas dabei, nur das, was ich bei der Einlieferung anhatte, meine Jogginghose und ein altes T-Shirt. Jessy" Tim sieht sie aus

traurigen Augen an und spricht mit leiserer Stimme eindringlich weiter, "ich war da zwei Tage oder so, ich weiß es nicht, und keiner hat sich gemeldet, ich durfte nicht telefonieren und hatte kein Geld und ich musste immer nur an Dich denken, ob Du mir wohl schon geschrieben hast, ob es Dir gut geht. Und dann bin ich einfach aufgestanden und gegangen, zum Bahnhof, und hab mich in den nächsten Zug hierher gesetzt."
"Aber Tim, Du hattest doch kein Geld, bist Du schwarzgefahren?" Jessy sieht ihn mit funkelnden Augen an. "Wie kann man denn so doof sein, du bist auf Bewährung und fährst schwarz? Was ist wenn die dich erwischt hätten? Und überhaupt, ich bin stinksauer auf Dich, wie kannst Du nur zu dem Mist greifen, wie konntest Du das tun? Am liebsten würde ich Dir jetzt eine knallen, dass Du gar nicht mehr weißt wer Du bist, das sag ich Dir!"
Tim nickt nur und sieht, immer noch nach vorne gebeugt sitzend, zu den spielenden Kindern hinüber, die lachen und Fröhlichkeit verbreiten.
"Du hast recht Jessy, und wenn Dir danach ist mir eine zu scheuern, dann mach das, ich hab's verdient. Aber ich kann Dir nur sagen, dass ich weiß, dass das ein riesengroßer Fehler war und ich niemals wieder mehr zu dem Zeug greifen werde, das hat mich das jetzt gelehrt! Und deswegen hab ich Dich angerufen, denn ich musste Dir das erzählen, ich musste ehrlich zu Dir sein, weil ich nicht weiß, ob das Deine Entscheidung beeinflusst!"
Fragend sieht er Jessy an, die mit vor Wut und Verzweiflung bebender Brust neben ihm auf der Bank sitzt. Jessy steht auf und geht einen Schritt zur Seite, den Kopf leicht zur rechten Schulter geneigt. Sie weiß nicht was sie tun soll, weiß seine Ehrlichkeit zu schätzen und weiß auch, dass es ihm verdammt beschissen gegangen sein musste, weil sie ihm diese Bedenkzeit vor den Kopf geknallt hatte. Und war einmal wieder zu Drogen greifen keinmal? Er hatte gesagt es war ihm eine Lehre und er würde nie wieder darauf zurückgreifen, und sie glaubte ihm, wollte ihm glauben, denn warum sollte er so ehrlich sein und ihr alles erzählen und sie dann anlügen.
Jessy seufzt und dreht sich zu Tim um, bedeutet ihm mit einer Handbewegung aufzustehen und zu ihr zu kommen. Tim ist mit zwei Schritten bei ihr, sieht sie fragend an, doch als Antwort nimmt sie ihn nur wortlos in die Arme, streichelt ihm mit den Händen ganz zart und sanft über das verschwitzte T-Shirt seinen Rücken und drückt ihn fest an sich.
"Tim, ich könnte Dich schlagen für das, was Du getan hast, aber ich bin wahnsinnig froh, dass Du es mir erzählt hast. Ich muss das erst ein wenig verdauen, aber ich habe mich längst für Dich entschieden und ich will den Weg gemeinsam mit Dir weiter gehen. Du bedeutest mir viel und Du hast mir gefehlt! Aber Du musst mir eins versprechen: Dass Du diesen Scheiß nie wieder in Deinem Leben anrührst!"
Tim drückt Jessy an sich und sie spürt wie seine innere Anspannung nachlässt. Er streichelt ihr mit der Hand über ihre Haare, ganz sacht und behutsam und voller Gefühl.

"Das verspreche ich Dir, mein Schatz! Ich lasse die Finger von dem Zeug, ich bin so froh, dass Du Dich für uns entschieden hast, etwas Besseres und Wertvolleres konnte mir in meinem Leben nicht passieren!"

21

Stille. Nichts als Stille um mich herum. Dieses Schweigen macht mich wahnsinnig, macht mich verrückt, ich dreh durch!
Ein Fehler von meiner Seite, und er behandelt mich wie das letzte Arschloch.
Was hat er sich alles geleistet in unserer Beziehung, wie oft hat er mich verletzt mit seinen Lügen, wie oft hat er mich mit körperlichem Liebesentzug bestraft als er auf Droge war und ich nicht wusste, warum er mich nicht mehr anrührt, warum er jede Sekunde einnickt und mit seinem Kopf ganz woanders ist als bei mir und den Kindern.
Ich liege da, mit Schmerzen, Fieber und Schüttelfrost, die Grippe hat mich voll erwischt, und er fragt trotz meiner hörbaren Erkältungssymthome nicht einmal wie es mir geht. Ist kühl und frostig zu mir am Telefon und redet nur das nötigste mit mir, nur über das, was IHN mal wieder belastet. Dass er es nicht aus dem Kopf bekommt, dieses Bild, dass ich da mit einem anderen stehe, vielleicht küsse, vielleicht mehr mache. Wobei ich mir mittlerweile ziemlich sicher bin, dass nichts dergleichen passiert ist.
Mit seiner Therapeutin hat er drüber gesprochen und die hat ihn natürlich in seinem Kopfkino nur noch bestärkt. Es gibt keinen mehrere Stunden andauernden Blackout sagt sie, so etwas dauert nur ein paar Minuten und dann ist man wieder klar.
Ich hab's erlebt, ich war dabei, wie bitte kann sie ihn so in seinem Misstrauen mir gegenüber unterstützen?
Mein Kopf dröhnt und die Nase läuft, das Denken fällt mir schwer und die körperliche Erkrankung drückt nur noch zusätzlich auf meine seelischen Schmerzen.
Er ist mir so fremd geworden. Hat sich seit eineinhalb Wochen nicht mehr gemeldet, keine Sms, keinen Anruf, keinen Brief, nichts.
So lange am Stück hatten wir noch nie keinen Kontakt seit der Zeit als wir uns kennengelernt haben. So lange hat es bisher keiner von uns ausgehalten ohne sich beim anderen zu melden. Seine letzte Sms schrieb er sehr sachlich und kurz. Er möchte die Beziehung mit mir, hat mir aber an diesem nächsten Wochenende ein paar Entscheidungen mitzuteilen. Ich kenne ihn nicht mehr. Er verletzt mich, schreibt während der letzten Therapiezeit mit anderen Frauen, weil alle das tun und das ganz normal ist. Nein sagt Tim, da ist nichts dabei. So Etwas gab es

zwischen uns niemals, dass andere Frauen oder Männer eine Rolle spielten, wir hatten uns und das hat uns beiden genügt, vollkommen ausgereicht, uns beide erfüllt. Er ist so anders geworden in letzter Zeit, schon bevor das mit der Sperrung der Therapieeinrichtung passiert ist, hat sich immer weiter von mir zurück gezogen, sich seltener gemeldet, war damit beschäftigt die Ausgänge mit seinen "Kumpels" dort zu planen, sich da mit anderen Frauen zu treffen um zu reden und zu lachen, nur weil alle anderen das auch machen.
Er schließt Freundschaften im Internet mit anderen Mädels, mit schlanken, schönen Frauen, schreibt mit ihnen, tauscht Handynummern aus. Warum, da ist doch nichts dabei!?
Tim ist so kalt geworden. Er wirft mir vor ich kontrolliere ihn, weil ich nachfrage wie er seine Tage plant. Dass er mir weh tut wenn er andere Frauen so sehr in sein Leben lässt, und ich seit Wochen eine wahnsinnige Angst habe ihn an eine andere Frau zu verlieren, die ihm räumlich näher ist als ich, das sieht er nicht. Was ist das für ein Mensch? Das ist kein bisschen mehr mein Tim. Das ist Eiseskälte und Gefühllosigkeit. Und meine Mauer steht jetzt. Tief in mir grummelt der Schmerz, heftigst, aber ich lass ihn nicht raus. Geht nicht. Sonst wär ich nicht fähig noch irgendetwas auf die Reihe zu bekommen. Er treibt mich jeden Tag weiter und weiter weg von sich, indem er sich nicht meldet. Aber das begreift er nicht. Dass er selbständig sein muss, das verstehe ich. Dass er Freiheiten von meiner Seite aus braucht verstehe ich nicht wirklich. Denn das ist das, was er mir schon vor dem Horrorwochenende vorgehalten hat. Er hatte doch immer alle Freiheiten, immer! Und dass man in einer Beziehung Kompromisse eingehen muss, das zeichnet eine Beziehung zwischen zwei Menschen doch aus, oder?! Gegenseitiges Respektieren. Nur er respektiert mich und meine Wünsche und Ängste nicht. Lässt mich eiskalt links liegen und zieht sein Ding durch! Er, er, und nochmal er, verdammt will ich sein, wo bleibe ich? Ich frage mich sogar schon ernsthaft, ob er wieder auf Droge ist, denn so verhält sich kein klar denkender Mensch. Er tut mir mehr als bewusst weh, tritt immer wieder in meine Wunden, behandelt mich mit Ironie und anschließendem Stillschweigen. Das will und kann ich nicht mehr. Es macht mich kaputt. Es trifft mich so hart, dass meine Mauer immer größer wird, und die Chance, diese Beziehung noch irgendwie zu retten, immer kleiner und kleiner. Gefühle für ihn? Wut, Hass, Verzweiflung, absolute Leere...

22

Es ist nicht immer einfach für Jessy, aber es wird von Tag zu Tag besser. Ganz langsam kommen die Dinge zurück, die sie an Tim so sehr lieben gelernt hat: Die Zärtlichkeit, das Lächeln, stundenlanges Kuscheln und Aufmerksamkeit, er lenkt seinen Fokus langsam wieder auf sie, Jessy.
Die letzten Wochen und Monate seit seiner Beichte auf dem Spielplatz vergingen wie im Flug, wie in einer Art Trance genoss Jessy seine Nähe, gemeinsame Aktivitäten und die wundervollen schönen Stunden in denen sie alleine miteinander waren. Tim hatte Ärger im Job bekommen und diesen dann nach kurzem Überlegen gekündigt, konnte so aber jede freie Minute in der Jessy nicht arbeiten musste mit ihr verbringen.
Sie klebten in dieser Zeit aneinander wie Kaugummi, jede Stunde ohne einander war für beide kaum auszuhalten und sobald sie sich sahen fielen sie sich in die Arme. Tim war anfangs nicht sehr oft abends bei ihr, da Jessy das der Kinder wegen noch ein wenig abblockte, aber schon bald spielte es sich ein, dass er durch den Garten über die Terassentür zu ihr ins Wohnzimmer kam, wenn die Kinder im Bett lagen und ins Land der Träume fielen. Sie sahen sich stundenlang Filme an, die Tim von zuhause mitbrachte, kuschelten sich aneinander als würde die Welt untergehen, wenn sie sich losließen. Die Finger konnten sie nie voneinander lassen, streichelten sich stundenlang und sahen sich an, verpassten mehr als genug Filmszenen, weil sie ihre Lippen und Hände nicht voneinander lassen konnten und sich oft genug ins Schlafzimmer einsperrten um sich noch viel näher zu sein und stürmisch und hemmungslos miteinander in nicht mehr irdische Gefilde zu schweben.
Auch in Jessys Freundeskreis war Tim herzlich aufgenommen worden, oft gingen sie alle zusammen in Jessys Stammdisco, die nun auch Tims wurde, feierten bis tief in die Nacht, gingen den langen Weg Ewigkeiten knutschend und sich immer an der Hand haltend entweder zu Tims oder Jessys Wohnung, wo sie sich noch stundenlang weiterliebten, bis oft schon die Morgensonne durch die Ritzen der Fensterläden fielen.
Jessy kam es vor wie in einem Traum, in einem wunderschönen Traum, aus dem sie niemals mehr aufwachen wollte. Anfangs bemerkte sie nicht, dass Tim immer öfter müde war, auf der Couch auch am helllichten Tag einnickte und nur schwer wieder wach zu bekommen war. Sie bemerkte nicht, warum er wirklich Ausflüge in die Stadt machte, alleine, ohne sie, um sich auch mal mit seinen Kumpels zu treffen und ein wenig Zeit für sich selber zu haben. Aber sie bemerkte, dass ihr immer öfter Geld aus dem Portemonnaie fehlte, wenn sie abends ihre Tageseinnahmen nachzählte, die sie jeden Tag aus dem Kosmetikstudio mit nach Hause brachte. Anfangs dachte sie noch, sie hätte sich

vielleicht verzählt, in ihrem ständigen Denken an Tim und den Glückshormonen, die sie wie auf Wolken schweben ließen ja auch kein Wunder.
Doch so oft fehlten größere Beträge und Jessy sprach sich den Frust ihrer Geldsorgen bei Tim frei. Er unterstützte sie, redete lange auf sie ein, dass Kundschaft doch Zutritt zu ihrem Bereich des Studios hatte und ihr vielleicht Geld stehlen könnte. Immerhin hatte sie ihre Geldbörse mit den Einnahmen in ihrer Tasche zurück im Studio gelassen, wenn sie nach draußen ging um sich eine kurze Raucherpause zu gönnen. Tim schlug ihr deswegen eifrig vor sich eine abschließbare Kasse zu kaufen, in der sie das Geld dann lassen könnte, so käme keiner mehr an das Geld ran.
Jessy zweifelte insgeheim daran, dass auch nur eine ihrer Kundinnen dazu in der Lage wäre, ihr Geld zu stehlen. Und Tim war auffallend oft in letzter Zeit kurz zu Besuch ins Studio gekommen, hatte sich bei ihr etwas zu trinken geholt wenn sie draußen beim Rauchen stand, war also oft für kurze Zeit alleine in Jessys Kosmetikraum gewesen. Aber konnte sie ihm so etwas zu trauen? Er würde ihr doch nie Geld stehlen, warum auch, er bekam ja sein Geld von der Arge und auch seine Eltern schossen ihm ab und an etwas bei. Sie untersagte sich diese Gedanken, durfte nicht schlecht von dem Menschen denken den sie liebte, der alles für sie war! Immerhin war er immer ehrlich zu Jessy gewesen, von Anfang an. Und warum sollte er das auch tun, er hatte keinen Anlass dazu. Das schlechte Gewissen, das Jessy bekam weil ihr überhaupt dieser Gedanke gekommen war, trübte die Stimmung zwischen ihnen und sie erzählte Tim davon um ihr Gewissen zu erleichtern. Tim war verständnisvoll und nahm sie in die Arme, beruhigte sie wie nur er sie beruhigen konnte und sagte ihr immer wieder, dass er ihr nicht böse deswegen war, dass sie solche Gedanken gehabt hatte, dass es verständlich war, weil sie nicht wusste wer ihr Geld gestohlen habe, aber dass er so etwas nie tun würde.
Und sie glaubte ihm. Wollte ihm und seinen ruhigen, sicheren Worten glauben. Alles war gut und Tim und sie waren zusammen, das war was zählte und wichtigeres als das gab es nicht.
Nach einem von vielen Ausflügen von Tims Seite in die Stadt gingen sie gemeinsam die Treppe zu seiner Wohnung nach oben, als sich aus dem Rucksack etwas löste und auf den Boden fiel. Jessy hob die Spritze auf und machte Tim darauf aufmerksam. Ach, winkte er ab, das habe ihm wahrscheinlich einer in dem Café untergejubelt in dem er heute war, da hingen viele Junkies herum die aus Angst vor Polizeikontrollen ihre Fixerutensilien auch mal in den Sachen anderer versteckten. Jessy fand das seltsam, aber auch diesmal glaubte sie Tims Worten. Warum sollte sie auch an seiner Ehrlichkeit zweifeln?
Immer öfter war Tim die letzte Zeit down, machte sich Gedanken, dass er nicht gut genug sei für Jessy, dass er keine Arbeit hatte und nicht für sie und die Kinder sorgen konnte. Sie versuchte ihm diese Zweifel zu zerstreuen, mit Liebe und Zuneigung ihm zu zeigen, dass er ein wahnsinnig wertvoller Mensch war

und sie ihn trotz seiner Vergangenheit und seiner Joblosigkeit so innig und von ganzem Herzen liebte, wie sie dies noch nie getan hatte. Manchmal halfen Jessys Versuche, aber an einem Freitag im Juni kehrte sie erschöpft von der Arbeit nach Hause, die Kinder waren bereits von ihrem Vater für das Wochenende bei ihm abgeholt worden, und sie freute sich nur auf Tim, der in ihrer Wohnung wie ausgemacht auf sie warten sollte. Die Wohnung aber war leer, etliche seiner Sachen und der Rucksack verschwunden. Jessy konnte sich keinen Reim darauf machen, bis sie die abschließbare Kasse auf dem Küchentresen stehen sah, die sie morgens noch im Wohnzimmer mit dem Restgeld der am Tag zuvor getätigten Einnahmen aufgefüllt hatte. Am Schloss waren klar erkennbare Kratzspuren und als sie die Kasse mit ihrem Schlüssel öffnete, fand sie diese komplett leer vor.

Ein Unbehagen befiel Jessy, und die erschlagende Erkenntnis, dass Tim die Kasse aufgebrochen, das Geld an sich genommen und einfach verschwunden war. Anrufe auf Tims Handy liefen ins Leere, und Jessy war der Verzweiflung nahe, konnte sich keinen Reim darauf machen. Irgendwann erreichte sie ihn, er klang betrunken, down und erzählte ihr etwas von einer Arbeit, die er übers Wochenende auf einem Rummel bekommen hatte, worauf er sich gleich in den Zug gesetzt hatte. Das Aufbrechen der Kasse stritt er ab, war aber auch nicht bereit weiter mit Jessy zu sprechen, da er hier arbeiten müsse und nicht weiter telefonieren könne. Er legte einfach auf und Jessy stand die nächsten Tage da ohne Meldung von Tim und mit ihren Ängsten und Zweifeln und der Wut und der Sorge um ihn. Wie oft sie versucht hatte ihn anzurufen in diesen Tagen konnte sie schon nicht mehr zählen, das Handy hatte er ausgeschalten und so liefen ihre Anrufe immer auf die Textansage auf, auf die sie nicht einmal sprechen konnte.

Und dann stand er auf einmal vor ihrer Tür, erschöpft und müde und er fiel ihr in die Arme und weinte bitterlich, beichtete, dass er ihr das Geld aus der Kasse genommen hatte, weil er nicht wusste wie er sonst den Zug bezahlen sollte. Weinte, weil er dort zum Arbeiten war in einer fremden Stadt und nicht annähernd den vorher vereinbarten Stundenlohn bekommen hatte, so konnte er ihr nicht einmal die volle Summe des geliehenen Geldes zurückgeben. Jessy verzieh ihm, verstand ihn und seine Sorgen und winkte die Geldfrage ab, mit der Bitte sie nächstes Mal zu fragen und sich zu melden und sie nicht so lange Zeit in dieser unendlichen Sorge um ihn und seinen Verbleib zu lassen. Sie nahm ihn in ihre Arme und wiegte ihn wie ein Kind, das reumütig seiner Mutter einen Fehler beichtet, und sie verzieh ihm und tröstete ihn und weinte.

Die Tage liefen dahin, Jessy hatte viel Arbeit und von ihren Einnahmen fehlte nichts mehr, seit sie die Kasse im Studio stehen hatte und den Schlüssel immer bei sich trug. Tim und sie verbrachten wieder mehr Zeit abends zusammen, waren sich nach diesem einen schrecklichen Wochenende so nahe wie lange nicht mehr. Und Jessy fühlte sich sicher bei ihm, fühlte sich geborgen, Zuhause angekommen und einfach nur innerlich ruhig. Ihren Tim hatte sie bei sich und sie weinte oft vor Glück, diese Liebe empfinden zu dürfen und auch von ihm zu bekommen.

Die Ferien waren angebrochen und die Kinder durften ein paar Tage Urlaub bei ihrem Papa machen. Jessy freute sich auf diese ruhigen Tage, wenngleich sie ihrer Arbeit nachgehen musste, aber so konnten sie und Tim auch abends einfach mal etwas unternehmen und Zweisamkeit genießen ohne Rücksicht nehmen zu müssen.

Sie lagen sich am ersten Abend im Bett in den Armen, Jessy atmete den Duft von Tims Körper ein, schmiegte sich so eng an ihn wie es ging und konnte dem Drang wie so oft nicht wiederstehen ihn Ewigkeiten zu streicheln und zu halten. Fest aneinander gepresst lagen sie da und Jessy war schon kurz vor dem Einschlafen in ihrer Glückseligkeit und dem Wohlgefühl, das sie immer hatte wenn sie in Tims Armen lag.

"Ich glaub, ich muss nochmal auf Toilette" grinste Tim und Jessy gab ihn aus ihrer Umarmung frei. Sie hörte Tims Schritte ins Wohnzimmer gehen, ihn rascheln und wühlen, und dann, wie sich die Toilettentür schloss und er sich von innen einsperrte. Vielleicht war es das, was sie aufhorchen ließ und ihr ein ungutes Gefühl gab, denn Tim hatte die Toilettentür noch niemals verschlossen, selbst dann nicht, wenn die Kinder im Haus waren. In Jessy stieg Unsicherheit hoch, Ängste gruben sich ihre Wege durch ihren Bauch bis ins Gehirn, das so leer war und ihre Füße so kalt, als wäre sie stundenlang durch den Schnee gestapft.

Von einer inneren Unruhe getrieben, stand sie auf um ins Wohnzimmer zu gehen. Sein Rucksack stand auf der Couch, der vorher in der Diele achtlos auf den Boden geworfen war. Geöffnet, und durchwühlt. Tims heiß geliebtes Zippo war vom Tisch verschwunden und Jessy wurde es übel, obwohl sie nicht genau erfassen konnte warum. Sie stand da in ihrer Hilflosigkeit auf kalten Füßen, ohne zu wissen warum ihr Körper so reagierte, warum sie so ein unendlich schlechtes Gefühl erfasste und ihr die Luft zum Atmen nahm. Auf leisen Sohlen tapste sie in die Küche, wo sie das Geschirr vom Abendessen noch auf dem Küchentresen stehengelassen hatte. Sie hatten Fischstäbchen mit Kartoffelsalat und Zitrone gehabt. Eine halbe Zitrone fehlte. Auch im Abfalleimer war nichts zu finden.

Langsam festigte sich in Jessy eine Erkenntnis an diesem Abend, sie wusste genug Bescheid, war von Tim aufgeklärt worden, was man alles braucht um sich Heroin in die Adern zu jagen. Unter anderem Ascorbinsäure oder Zitrone zum lösen des Stoffes.

Jessy war wie gelähmt vor Übelkeit, Trauer und Angst, dem Gefühl, dass er wahrscheinlich eben in diesem Moment mit entrücktem Gesicht und einer Spritze im Arm auf ihrer Toilette saß. Ihr Herz pochte so schnell, dass sie sicher war, er müsste es durch die geschlossene Tür schlagen hören.

Sein seltsames Verhalten und seine dauernde Müdigkeit, die Ausflüge in die Stadt und das verschwundene Geld bekamen auf einmal Form, bekamen einen

Sinn und überwältigten sie so sehr, dass sie nur mit Mühe zurück uns Bett gehen konnte und dort zitternd und wartend lag. Jessy wusste nicht, ob sie herausfinden wollte, dass sie Recht hatte. Sie wollte einfach nur die Augen schließen, die Augen vor der Wahrheit verschließen und das alles verdrängen, sich lieber einreden, sie täusche sich und unterstelle ihm nur etwas, das er nie tun würde. Er würde das doch nie wieder tun, das hatte er so oft versprochen, das war Bedingung für ihr Zusammensein gewesen. Wie oft hatte er ihr geschworen, dass er sie so sehr liebte, dass er niemals wieder auch nur an diese Droge denken würde. Wie oft hatte sie ihm gesagt, dass es das Aus für ihre Beziehung wäre wenn er wieder dazu greifen würde. Und sie hatte ihm so sehr geglaubt, hatte sich einlullen lassen von seinen Worten, weil sie sicher war, dass ihre mächtige Liebe, die sie beide füreinander empfanden, größer war als jede Sucht und jedes Problem auf dieser Welt.

Aber sie musste sich Gewissheit verschaffen, wusste sie konnte nicht mit dieser Ungewissheit und der Übelkeit leben, mit der Vorstellung, dass er sich mit Glückshormonen überflutete, etwas im Blut hatte, was da nicht hingehörte.

Also musste sie warten. Und das tat sie. Nach Ewigkeiten erst kam Tim zurück in ihr Bett und zog sie an sich. Er fühle sich im Moment so glücklich und wohl an ihrer Seite wie lange nicht. Widerwillig lies Jessy sich an seine Brust ziehen, in der sein Herz so unsäglich langsam schlug, dass sie Angst hatte es würde gleich stehen bleiben. Sie hätte weinen mögen, aber sie würde sich so normal wie möglich verhalten bis Tim eingeschlafen war. Erst dann konnte sie sich Gewissheit verschaffen.

Doch Tim brauchte lange. Sehr lange bis er eingeschlafen war. Immer und immer wieder versuchte sie aufzustehen nur um seine murmelnde Frage zu hören wo sie hinwollte. Bauchweh schob sie vor, um kurz auf die Toilette zu verschwinden und sich dann wieder ins Bett zu legen, steif und nicht möglich sich zu entspannen. Sofort hatte er seine Arme wieder um sie geschlungen und flüsterte ihr ins Ohr wie sehr er Jessy liebte.

Übelkeitswellen durchfluteten sie und sie wartete, eiskalte Gliedmaßen und eine absolute Leere im Kopf, mit hämmerndem Herzen, bis Tim nach einer endlosen Weile endlich tief und fest eingeschlafen war und sie sich endlich Gewissheit verschaffen konnte.

Oh mein Tim!

Wie konntest Du mir das nur antun, Tim, meine Liebe, mein Leben, mein Ein und Alles? Ich bin so hoch geflogen mit Dir, in Gefühlswelten, von denen ich nicht wusste, dass es sie gibt! Du bist mein zweites Ich, mein mich ergänzendes Puzzlestück, immer noch bist Du das, trotz dem tiefen, tiefen Fall, den ich heute Abend erlebt habe.

Ich schäme mich so, dass ich Deinen Rucksack durchwühlt habe, als Du eingeschlafen bist. Aber ich brauchte Gewissheit, ich musste wissen, ob Du zurück an der Nadel bist. Ich meine, es sprach ja schon alles für sich, Dein seltsames Verhalten, der offene Rucksack im Wohnzimmer, die fehlende Zitrone und Deine komischen Worte bei Deiner Rückkehr ins Bett, Dein langsamer Herzschlag.

Du kannst Dir niemals vorstellen, wie schlimm es war zu warten, bis Du eingeschlafen bist, Deine Arme um mich zu spüren und Deine Nähe, und Gleichzeitig nichts empfinden zu können als Leere und Abschaum und Hass. Ja, irgendwie hasse ich Dich. Du hast mich hintergangen, mich belogen, mir gesagt Du würdest aus Liebe zu mir nie wieder zum Heroin greifen, und das ist das schlimmste. Ich hab die Spritze in Deinem Rucksack gefunden, schön sorgfältig verpackt mit der halben Zitrone, dem Löffel, den Du von zuhause mitgebracht haben musst, und dem kleinen weißen Briefchen mit dem beschissenen braunen Pulver.

Mein Herz rast jetzt noch und mir ist so schlecht, dass ich mir nicht vorstellen kann, dass diese Übelkeit, die mich durchdringt wie Wasser einen Schwamm, je wieder aufhören wird.

Meine Nase ist zu, ich bekomme keine Luft, ich weine und weine und kann nicht mehr aufhören.

Es hat mir den Boden unter den Füßen weggezogen!

Du hast mich so gedemütigt mit Deinen Lügen, hast mich ignoriert und wie vor den Kopf geschlagen als ich Dir den ganzen Dreck aufs Bett geworfen habe. "Es ist nicht so wie es aussieht!" Ja Tim, das sagen Fremdgänger auch immer.

Meinst Du, Du kannst mich verarschen?

Nein, kannst Du nicht!

Und du hast gemerkt, dass Du das nicht kannst. Falls Du in Deinem drogenvernebelten Hirn überhaupt noch etwas gemerkt hast. Du hast mich ums Bett hüpfen lassen, verzweifelt und schreiend und flehend und bettelnd darum, mit mir zu reden.

Hast Dich umgedreht und mit den Achseln gezuckt und gesagt, dass doch jetzt eh schon alles egal ist.

Ist man so auf Heroin? Gleichgültig? Kalt? Ein Arschloch?

Ich hab Dich alles genannt, ich weiß. Ich konnte nicht anders. Mir hat es den Boden unter den Füßen weggezogen, Tim.

Ich hab Dich angeschrien Du sollst mein Haus verlassen. Und Du hast Dich angezogen.

Und ich konnte Dich nicht gehen lassen, weil ich Dich so sehr liebe, verdammte Scheiße, dass ich alles ertragen würde. Und doch wieder nicht. Ich wusste nicht was ich tun sollte Tim.

Ich hab mich so erniedrigt vor Dir. Ich hab mich doch vor Dir auf den Boden geworfen, hab Dich angefleht zu bleiben und Dir etwas zu überlegen.

Und Du hast geweint, bittere Tränen.

War es Scham, Tim? Oder die Enttäuschung entdeckt worden zu sein?
Du willst weg von diesem Dreck, hast Du gesagt.
Und ich will Dir so gerne glauben.
Ach Gott, was war ich naiv. Ich hab Dir alles geglaubt, hab Dir vertraut. Aus Liebe, Schatz, weil ich Dich so sehr liebe wie ich noch nie einen Menschen geliebt habe!
Ich hab Dich vor die Wahl gestellt, in der Hoffnung, dass Du den richtigen Weg wählst. Entweder ein Leben mit der Droge, aber dann verlässt Du sofort das Haus. Oder ein Leben mit mir, aber dann finde einen Weg raus aus diesem Sumpf.
Scheiße Tim, was hast Du getan?
Warum nur hast Du das getan?
Du sagst Du liebst mich, aber doch nicht genug um die Finger vom Stoff zu lassen?
Nein es hat damit nichts zu tun, ich weiß das jetzt. Sucht ist kein ebenbürtiger Partner.
Ich fühl mich so beschissen alleine, so gedemütigt, verletzt, mir tut alles weh. Ich liege auf der Couch, Du im Schlafzimmer, und ich kann nicht schlafen weil ich zittere, weil mir kalt ist und übel und irgendwas hier so sehr riecht. Ist es das Heroin das riecht wenn man es aufkocht? Mir wird schlecht, ich kann nicht mehr.
Aus, alles aus.
Ich liebe Dich so sehr. Ich brauch Dich, bitte kämpfe, ich brauche Dich so sehr!!

Die nächsten Tage waren wie ein einziger Albtraum für Jessy, sie konnte nicht neben Tim schlafen aus Ekel über die Entdeckung, dass er wieder voll drauf war. Aber sie konnte ihn auch nicht gehen lassen, denn die Gefühle für ihn waren so groß und so übermächtig, dass sie ihm die Chance geben wollte mit ihrer Hilfe aus dem Sumpf zu entkommen. Er hatte sich unter Tränen und Flehen entschieden einen Entzug zu machen. Aber er brauche ihre Hilfe. Er sei noch nicht wieder so drauf, dass er schon körperlich abhängig wäre. Zwei Tage und Nächte sperrten sie sich in Jessys Wohnung ein, sie sagte alle Kosmetiktermine mit der Begründung ab, dass sie sich einen Magen-Darm-Virus eingefangen hatte. Was ja auch irgendwie stimmte, denn ihre Verdauung spielte aufgrund des Schocks verrückt. Ihr war schlecht. Und doch konnte sie keinen Bissen Nahrung zu sich nehmen. Sie kühlte Tim mit einem feuchten Lappen das schweißnasse Gesicht, saß neben ihm wenn er nicht schlafen konnte weil seine Beine aufgrund des Entzugs so weh taten, dass er nicht wusste wie er liegen oder sitzen sollte. Sie ließ ihn alleine wenn er wieder und wieder wie betrunken zur Toilette wankte um sich zu übergeben. Immer und immer wieder. Es kam ihr vor als würde er sterben. Tim konnte nicht schlafen und nicht wach sein, zitterte heftig, stöhnte und weinte. Und Jessy saß da und spielte die Starke, die

Mutter, die das kranke Kind pflegt. Wieder und wieder massierte sie ihm die Beine, lief leise aus dem Zimmer wenn sie dachte er sei eingeschlafen, nur um kurze Zeit später wieder würgende Geräusche aus der Toilette zu hören. Sie weinte heiße und bittere Tränen der Verzweiflung und Trauer. Wischte sie weg, wenn Tim heiser und kraftlos nach ihr schrie. Am zweiten Tag gab Tim auf, am Rande seines Bewusstseins. Er konnte nicht mehr, und musste sich eingestehen, dass sein Körper mehr abhängig war als er es sich eingeredet hatte. Die Entscheidung, ins Drogenersatzprogramm zu gehen war gefallen. Anders würde es nicht funktionieren und das sah auch Jessy ein, die alle Kraftreserven längst aufgebraucht hatte. Sie war am Ende ihrer körperlichen und geistigen Kräfte, einem Zusammenbruch nahe. Tim so leiden zu sehen und sich Tag und Nacht um ihn zu kümmern, mit Übelkeit im Magen, Schlafmangel und keinem Brocken Nahrung, das hatte sie aller erdenklichen Kräfte beraubt.

Tim telefonierte mit letzter Energie etliche Stellen durch, die ein Drogenersatzprogramm anboten, mit dem Ergebnis, dass erst in zwei weiteren Tagen ein Platz frei werden würde und er dann sofort anfangen könnte.

Für beide brach eine Welt zusammen, für Tim, weil er wusste, dass er diese zwei Tage ohne Heroin oder einer ähnlichen Ersatzdroge nicht überstehen würde, für Jessy, weil sie genau das wusste und fast an dieser Erkenntnis zerbrach, dass dieser Albtraum nicht zu Ende war sondern noch viel schlimmer werden würde.

Sie konnte nicht damit umgehen zu wissen, Tim würde sich auf illegalem Weg wieder etwas beschaffen müssen. Das bisschen Heroin, das er noch übrig hatte nach dem letzten Schuss, würde nicht für die vollen zwei Tage reichen bis zur Aufnahme ins Programm.

Völlig am Ende kramte Tim das Fixerbesteck und den Stoff aus seinem Rucksack um sich damit in Jessys Toilette einzuschließen. Wie gelähmt saß Jessy auf ihrer Couch und zitterte, weinte, ein brennendes Gefühl breitete sich in ihr aus, die Gewissheit, dass Tim sich hier und jetzt das braune Pulver in den Arm spritzen würde, lies sie verzweifeln und laut wimmern.

Die nächsten Tage konnte sie ihn nicht ansehen, konnte keine Berührung und keine seiner lieben und entschuldigenden Worte annehmen. Sie schlief weiter auf der Couch und überließ ihm ihr Bett, fuhr ihn in die Stadt wo er sich bei einem Kumpel Methadon besorgen konnte, eine eigentlich legale Ersatzdroge für Heroin, das Tim sich trotz ihrer verzweifelten Bitten es wie vorgeschrieben oral einzunehmen, spritzte, um anschließend kaum ansprechbar auf der Couch vor sich hinzuvegetieren.

Der ersehnte Freitag, als Tim dann endlich in die Klinik konnte um das Programm zu starten, war für Jessy in dieser Hinsicht eine wahnsinnige Erleichterung.

Mittlerweile hat sich alles eingependelt, Jessy kann ihrem Alltag wieder einigermaßen normal nachkommen und Tim ist beinahe wieder der Alte. Jeden Morgen fährt er mit dem Zug in die 20km entfernte Stadt zur Suchtstation der

großen Klinik, um dort seine zugeordnete Menge Methadon vor den Augen der Pfleger einzunehmen. Manchmal fährt Jessy ihn, um Zeit mit ihm zu verbringen und auch für sich selber die Gewissheit zu haben, dass er wirklich in die Klinik geht und nicht am Bahnhof stattdessen Heroin bei einem Dealer kauft. Jessy kann Tim nicht mehr vertrauen, kann ihm nicht wirklich glauben, was er sagt, denn er hat sie so angelogen immer und immer wieder, dass seine Lügen in ihrem Kopf hämmern und sich eingegraben haben wie eine Kerbe im Holz. Sie schämt sich sehr dafür, dass sie seine Sachen durchsucht wenn er nicht da ist, um Gewissheit und Erleichterung zu empfinden wenn sie nichts findet, das auf erneuten Drogenkonsum hinweist. Sie steht wie so oft vor seinen Fächern in ihrem Schrank, in dem seine T-Shirts ordentlich gefaltet liegen, die Hosen gestapelt sind und die Unterwäsche den Duft nach Weichspüler verströmt. Jessy ringt mit sich, weiß, dass es nicht gut ist Tim hinterher zu spionieren, aber sie ist machtlos gegen das Gefühl sich mal wieder Gewissheit verschaffen zu müssen. Er war so ruhig und fast abweisend die letzten Tage, sehr in sich gekehrt und hat Jessy körperlich nicht an sich heran gelassen. So war es oft kurz bevor sie sein Geheimnis gelüftet hat und die Erinnerung daran brennt wie Säure in ihr und lässt die tägliche leichte Übelkeit die sie mit sich trägt anschwellen wie einen Fluss bei Hochwasser. Jessy wischt sich mit Zeigefinger und Daumen über ihre trockenen Lippen und verlagert ihr Gewicht von einem Fuß auf den anderen. Die fast ausschließlich schwarzen und weißen Kleidungsstücke lachen sie fast an und laden sie ein sie ordentlich und Stück für Stück aus dem Schrank zu räumen und zwischen ihnen nach Utensilien zu suchen, die auf einen erneuten Drogenkonsum Tims hinweisen. Dieses ständige Misstrauen hat sie gestern in Tims Rucksack sehen lassen, schnell und schon fast gekonnt, mit der Angst jeden Augenblick von ihm entdeckt zu werden. Gefunden hat sie außer ein paar Kleidungsstücken, seinem abgegriffenen Geldbeutel, einer alten Tabaktüte und einem Feuerzeug nichts. Und jetzt steht sie hier, in der Verlassenheit ihrer Wohnung und der Drang nachzusehen ob auch im Schrank alles sauber ist wird übermächtig. Jessy greift nach den Kleidungsstücken, räumt sie einzeln aus dem Schrankfach auf ihr Bett und tastet die Rückwand des Schrankes ab. Sie holt sich einen Stuhl aus der Küche, schleppt ihn ächzend ins Schlafzimmer und steigt darauf, um auch auf den hohen Kleiderschrank sehen zu können. Aber sie findet nichts, außer Erleichterung, schlechtem Gewissen Tim gegenüber und der Unsicherheit, dass er vielleicht woanders ein besseres Versteck gefunden hat.
'Hör auf damit Jessy' schalt sie sich laut und hört ihre eigene Stimme wie die einer fremden durch das Schlafzimmer schallen.
Jessy ist unendlich traurig, dass sie die Leichtigkeit dieser Beziehung durch das alles verloren haben. Dass Misstrauen und Verrat Einzug gehalten haben in eine Liebe, die für sie so rein ist wie ein Bergquell, so klar wie die Luft Schottlands. Verunreinigt jetzt durch Drogen, Sucht und Lügen.

Aber sie gibt die Hoffnung nicht auf, das hat Jessy noch nie getan. Denn irgendwann wird es besser. Es wird besser, von Tag zu Tag.

23

Aus und vorbei.
Kein Verständnis, fühle nichts, spüre nichts, Gleichgültigkeit.
Ironie und Sarkasmus, das kann er mittlerweile besser als alles andere. Mein Weinen hat ihn kalt gelassen, meine Schmerzen und mein Leid, meine Traurigkeit darüber, dass wir nicht mehr das Leben haben, das wir vorher so liebten.
Irgendwann bei diesem sinnlosen Telefonat habe ich so dahingesagt: "Dann können wir uns ja gleich trennen!"
Ich glaube genau darauf hat er gewartet, hat darauf gewartet, dass ich ihm diese Vorlage gebe, um sagen zu können: "Das wird das Beste sein, wenn du das so willst. Dann trennen wir uns. Mach's gut."
Wortlos aufgelegt und mich mit dem Hörer in der Hand ungläubig stehen lassen. Mein Tim ist ein anderer Mensch, wie verwandelt, Kopfwäsche, was machen die Therapeuten da mit ihm?
Ich bin kalt und hart geworden, das sagen viele. So ein herzlicher Mensch, was ist da passiert?
Ich lebe meinen Alltag mit meinen Kindern, agiere wie ich muss und lächle auf Kommando. Werde ich jemals wieder fühlen können?
Nein, ich habe keinen Spaß mehr an meinem Leben. Alles ist grau und hoffnungslos und ohne Licht. Niemand schafft es meine Seele zum Lächeln zu bringen, nicht meine Kinder, nicht meine Eltern, nicht einmal meine beste Freundin Sanne. Ich igle mich zuhause ein, gehe nur noch zum Arbeiten raus und auch das
ohne Lust, nur weil ich weiß, dass ich arbeiten muss um meine Kinder zu versorgen. Alles ist so mechanisch geworden und ich hasse mich selber dafür, dass ich so bin. Ich trauere um den warmherzigen Menschen, der ich einmal war und weiß nicht, ob jemals wieder Farbe in mein Leben kommen wird. Ich vegetiere vor mich hin, erledige meine Aufgaben, schlafe und esse. Mehr nicht.
Aus und vorbei. Und ich bin nicht mehr in der Lage auch nur irgendetwas zu fühlen.
Keine Tränen.
Aus und vorbei.

Es ist der heißeste Tag seit langem, unermüdlich brennt die Sonne am wolkenlosen Himmel und bringt sogar die kaltblütigsten Menschen zum schwitzen. Die Natur schreit nach Wasser, zeigt durch braune Stellen im Gras und welken, fast schon knistrig harten Blättern an Bäumen und Sträuchern, dass der Durst nach dem lang ersehnten Regen groß ist.
Auch Jessy perlen Schweißtropfen an der Schläfe herab und sie wischt sie immer wieder mit einer Hand aus dem Gesicht, während sie sich auf den Verkehr konzentriert, der aufgrund der Hitze die Autofahrer unberechenbar werden lässt und heute nicht einschätzbar scheint. Autofahrer vor ihr treten immer wieder aus nicht ersichtlichen Gründen auf die Bremse oder verlangsamen ihre Geschwindigkeit so, dass Jessy wütend und erschrocken aufschreit und sie mit sämtlichen Ausdrücken betitelt, die ihr einfallen. Lachen muss sie darüber, dass sie sich so aufregt und auch Tim, der wie immer auf dem Beifahrersitz neben ihr ist, kann sich ein Lächeln nicht verkneifen.
Sie haben noch etliche Kilometer vor sich bis zum Haus Fürstenhof, eine Therapieeinrichtung für Drogensüchtige, die Tim sich ansehen möchte. Jessy wäre an diesem Tag lieber an den See oder in ein Freibad gegangen, um sich mit Tim auf eine Decke zu legen, die Nähe des anderen zu genießen ohne sich auf irgendetwas konzentrieren zu müssen und sich zwischendurch im kühlen Nass abzukühlen und zwanglos herumzualbern wie früher.
Tim war nicht mehr der Tim, wie sie ihn kennengelernt hatte. Er kam ihr oft vor wie hinter einem Watteberg, verschlossener, in sich gekehrter und nachdenklicher. Nachwievor sagte er ihr täglich wie sehr er sie liebte und lies sie das auch spüren, dennoch war er oft so beschäftigt mit sich und seinen Gedanken, dass er Jessys Belange vergaß oder alles abwertete was sie leistete und wofür er sie früher gelobt und geschätzt hatte.
Trotz des schönen Wetters und der warmen Brise, die durch das geöffnete Autofenster herein weht, überfällt Jessy eine Woge der Sehnsucht und Traurigkeit über den Tim, der unter dem Nebel der Ersatzdroge begraben liegt und sich nur noch so selten zeigt. Den Tim, den sie liebt und von dem sie weiß, dass er irgendwo in dieser Hülle noch steckt. Gleichzeitig keimt eine unendliche Hoffnung in ihr auf, dass ihr Tim zurückkehrt, wenn endlich die beantragte Therapiezusage im Briefkasten steckt und Tim einen Termin auf der Entgiftungsstation ausmachen kann, dann Tag für Tag das Gift aus seinem Körper ausscheidet und wieder klar und rein und sauber ist. Nichts wünscht sie sich sehnlicher als das.
Jessy seufzt laut.
"Was ist los, Schatz?" schaut Tim sie von der Seite fragend an.

"Nichts, mein Herz, ich bin nur gespannt wie es dort in der Therapieeinrichtung aussieht und wie die Therapeuten dort sind, denn von der letzten Einrichtung war ich ja nicht so begeistert. Sechs Wochen keine Telefonate und keine Besuche, das ist schon hart, findest Du nicht auch?" Jessy wirft Tim mit hochgezogenen Augenbrauen einen fragenden Seitenblick zu.
"Doch, das find ich richtig heftig und das möchte ich auch nicht Jessy, ich mag keinen Tag länger als unbedingt nötig von Dir getrennt sein. Und Dich und Deine Stimme nicht hören zu können, das schaff ich nicht. Ich liebe Dich" setzt Tim schnell hinzu und drückt mit seiner linken Hand, die er seit der Abfahrt von zuhause auf Jessys rechtes, in einem kurzen Sommerrock steckenden Knie gelegt hat, zärtlich zu.
Wie sehr sie ihn doch liebt und wie nur er ihr dieses Gefühl geben kann, dass er der einzige richtige, ihr Seelenpartner ist. Sie versteht ihn blind, versteht seine Sucht, seine Ängste, was in ihm vorgeht. Fast fühlt sie es und sie braucht keine Worte dafür. Manchmal ist sie aufgrund ihres Verständnisses so sehr im Zwiespalt, dass sie nicht weiß was sie machen soll. Sie steckt in ihren eigenen Bedürfnissen zurück, weil sie ganz genau weiß, dass er labil und Rückfallgefährdet ist und sie ihn mit ihren Nörgeleien oder dergleichen überfordern würde. Nichts im Leben würde sie tun um zu riskieren, dass die Sucht Tim wieder beherrscht. Es fällt ihr so schon schwer genug zu akzeptieren, dass Tim Substanzen in sich trägt, Tag und Nacht, die zwar legal, aber dennoch ähnlich bewusstseinsverändernd wirken wie Heroin. Die sich auf seine Bedürfnisse auswirken und ihn müde und lustlos machen. Und die sie zu akzeptieren hatte, schweren Herzens. Aber sollte Jessy ihn zum Beispiel zwingen mit ihr zu schlafen, wenn er einfach nicht das Bedürfnis danach hatte? Das wollte und konnte sie nicht, auch wenn es ihr manchmal so sehr fehlte und sie nach wochenlanger Abstinenz regelrecht wütend wurde.
Gestern Abend hatte Jessy es versucht, ganz zart und einfühlsam und mit Kerzen und romantischer Musik im Schlafzimmer, aber Tim blockte ihre Annäherungsversuche sanft aber bestimmt ab. Er hielt sie stundenlang, nächtelang im Arm, so nah und fest es ging und streichelte ihr übers Haar, sagte ihr wie sehr er sie liebte und brauchte und dass er sie heiraten wollte und ein Kind mit ihr haben, wenn er nur endlich von dem Gift weg war und ein normales Leben mit ihr führen würde. Und bei jedem dieser Worte schwoll Jessys Herz über, denn er sprach ihr aus der Seele, erzählte ihr genau das, was Jessy sich von tiefstem Herzen wünschte. Sie wollte mit diesem Mann ihr Leben verbringen, ihn heiraten und ihm versprechen in guten wie in schlechten Zeiten mit ihm zusammen zu sein und mit ihm seinen Weg zu gehen, und wenn dieser noch so steinig werden würde. Sie wollte mit ihm ein Kind, aus Liebe, gezeugt in einer dieser Nächte, die sie zwei so innig verband und sie vereinigte, die mehr war als nur Leidenschaft, sondern Vollkommenheit und Vereinigung und Verschmelzung zweier Liebender Seelen. Eine dieser Nächte, in der sie sich in ihm verlor und eins mit ihm wurde. Und die ihr jetzt so sehr fehlte.

"Hast Du jetzt eigentlich schon Bescheid bekommen wegen dem Gutachten? Ich meine, es ist ja schon allein eine Frechheit Dir die Therapie abzulehnen, Du hast ja erst eine begonnen und das liegt etliche Jahre zurück! Andere machen fünf Therapien, brechen alle ab und bekommen sofort wieder eine Neue, und Dir wird die zweite abgelehnt?" Jessy spricht sich so in Rage, dass sie gar nicht mitbekommt, wie sie von einem Motorrad überholt wird.
"Ja Süße, ich soll nächste Woche zu irgend so einem Arzt gehen, der mich dann untersucht und ein Gutachten erstellt, das dann an die Rentenversicherung geht und dann wird weiter entschieden. Ich hab mir auch schon überlegt, ob ich dem Vorgesetzten von diesem Arschloch einen Brief schreiben soll, der die Zusage abgelehnt hat. Jessy, wenn das jetzt wieder nicht klappt, ich kämpfe seit beschissenen drei Monaten darum, ich weiß wirklich nicht was ich dann noch tun soll" Tim sieht verzweifelt auf den staubigen schwarzen Gummiteppich im Fußraum des Autos und entzieht Jessy seine Hand.
"Ich möchte so nicht weiter leben, Jessy. Jeden Tag in die Stadt fahren zum Arzt. Gut, bald bekomme ich Take-home, aber das ist wegen Deiner Kinder auch nicht besser, ich will nicht dass die irgendwas mitbekommen. Ich möchte nicht ständig etwas in mir haben, ich will wieder leben, mit Dir in den Urlaub fahren können, meinen Führerschein machen und wieder arbeiten gehen."
"Ich versteh Dich sehr gut Tim, ich fahr ja auch oft genug mit Dir zur Vergabe, sich immer nach Zeiten richten, das zermürbt mich auch. Ich möchte ein Wochenende wieder mit Dir zusammen ausschlafen können ohne in die Stadt zu fahren und mich nach deren Vergabezeiten zu richten, ich möchte nicht immer die Gewissheit haben, dass du irgendwas in Dir hast, ich will Dich zurück, Dich!"
Jessys Augen füllen sich mit Tränen und sie versucht verzweifelt sie zurück zu halten, weil sie nicht möchte, dass Tim sie schon wieder weinen sieht. Er hat es so schon schwer genug mit seinem Leben, da muss sie ihm nicht auch noch mit ihren Tränen ein schlechtes Gewissen machen. Tim packt es nicht wenn sie weint, er fühlt sich dann schrecklich schuldig sagt er, weil er ihr diesen Schmerz verursacht hat.
"Tim, wir schaffen das! Lass den Kopf nicht hängen, ich bin bei dir, egal was ist und ich bin immer für dich da! Die Therapie ist nicht mehr weit weg und auch wenn das eine harte Zeit wird, zusammen schaffen wir das! Ich liebe Dich und ich werde Dich immer lieben, egal was ist!"
Sie greift nach Tims Hand und zieht sie zurück auf ihren Schoß, drückt sie kurz aber fest und richtet den Blick nach vorne aus dem Autofenster, auf eine Straße, deren Kurven und Geraden und vor allem deren Ziel sie beide noch nicht kennen. Aber sie weiß eines: Die Hoffnung stirbt zuletzt und Liebe schafft alles, wenn man nur zusammen ist!

Wochen ohne ihn, die mir vorkommen wie eine einzige graue und gestaltlos wabernde Masse, ein pures Überleben von Tag zu Tag, ein Erfüllen von Verpflichtungen ohne jeglichen Sonnenstrahl, ohne Hoffnung, ohne Gefühl und ohne mich selber. Ein Leben ohne Perspektive, keine Farbe die meinen Alltag bunt färbt und mich glücklich sein lässt, keine Musik die mein Herz auch nur annähernd berührt, sondern an meiner Seele abperlt wie an einer Lotusblume die Regentropfen. Ich weiß nicht, wie ich es schaffe morgens aufzustehen mit dem Gedanken an Tim in meinem Kopf, der mich den ganzen Tag über begleitet und den ich akzeptiert habe, mit diesem Gedanken leben muss ohne Hoffnung darauf ihn wieder in meine Arme schließen zu dürfen.

Ich weiß nicht, wie ich es schaffe jeden Abend einzuschlafen, ausgelaugt und energielos vom Tag, kein Lächeln verteilt das wirklich von Herzen kommt, kein Glücksgefühl gehabt das mich froh sein lässt, keinen Funken Hoffnung auf Besserung verspürt.

Den heißen Kaffee vor mir setze ich immer wieder an meine Lippen um zu trinken und doch nichts zu schmecken. Alles schmeckt gleich, fühlt sich an wie lauwarmer Haferflockenbrei, grau und matschig wie das Gefühl in mir, das mich überschattet und mir den Alltag ohne Tim wie ein Gefängnis erscheinen lässt, aus dem ich nicht ausbrechen kann und lebenslang meine Strafe absitzen muss, die ich nicht verdient habe.

Tims Mutter sieht mich an und ruft meinen Namen, sie weiß wie schlecht es mir geht obwohl ich auch ihr gegenüber versuche den Kopf hoch zu halten und ihr immer wieder sage, dass es mir einigermaßen gut geht. Sie ist die einzige Person, über die ich wenigstens ein paar Informationen über Tims Welt bekomme, meine Kontaktperson zu meinem zweiten Leben, das nun ohne mich dem Ende der Therapie entgegensieht. Sie erzählt mir von seinen Anrufen, von seinem Besuchswochenende, das er im Haus verbracht hat. Dass er ruhig geworden ist, vernünftig, und irgendwie bodenständig. Ich will es nicht hören, weil ich nicht will, dass er ein Leben ohne mich führt und vielleicht glücklich ist. Es zerreißt mir das Herz, das Tim sein Leben ohne mich leben kann und ich so zerrissen und geschändet jeden neuen Tag vor mich herschleppe und bete, dass es mein letzter Tag ist. Sterben erscheint mir manchmal schöner und hoffnungsvoller als mein sinnloses Leben in meiner eigens geschaffenen Gefängniszelle, mit den Pflichten um mich herum, die ich erfüllen muss und den Wolken, die mein Gemüt verdüstern. Und doch bin ich nicht soweit, werde es nie sein, denn die Angst vor dem "danach" ist so viel schlimmer als mein zäher Alltagsbrei.

Mein Herz ist beinahe geplatzt am letzten Sonntag, als ich Sanne besucht habe, die sich wirklich wahnsinnig um mich bemüht und versucht mich mit allem

möglichen aus meinem Loch zu ziehen. *Auf dem Weg nachhause habe ich Tim gesehen, der mit einer Dose Bier in der Hand aus der ortsansässigen Tankstelle gekommen ist, mir kurz direkt ins Gesicht sehen konnte. Ich zitterte und bebte und musste alle meine Kräfte zusammen nehmen, um mit meinem Auto nicht gegen den nächsten Laternenmasten zu fahren, war heilfroh, dass ich meine Sonnenbrille aufgesetzt hatte obwohl das Wetter nicht gerade dazu einlud. Denn so konnte Tim nicht den Schmerz und die Verzweiflung, die Liebe und den Hass und den Schock ihn zu sehen, in meinen Augen erkennen.*
Die Augen sind das Spiegelbild der Seele, sagt man, und bei mir kann man aus den Augen lesen wie in einem Buch.
Ich hatte zuhause sofort Sanne angerufen, musste reden, ihr mit zittriger Stimme erzählen, dass Tim mir an seinem Ausgangswochenende über den Weg gelaufen ist und es mir den Boden unter den Füßen weggezogen hat.
Sanne war und ist für mich da, immer und beständig, baut mich auf und faltet mich zusammen wenn ich allzu weit nach unten rutsche in mein Loch, dessen Wände glatt und dunkel und schmierig sind und ein Hochkommen an die Sonne so verhindern.
Ich bin ihr so unendlich dankbar dafür, dass ich es kaum aussprechen kann, und nichts auf der Welt kann ich tun um ihr das irgendwie auch nur im Ansatz zu vergelten.
Sanne und Tims Mutter sind die einzigen, mit denen ich immer offen über Tim und seine Sucht gesprochen habe.
Vor allen anderen lebte ich mit einer Lüge, mit dieser Last eines Geheimnisses und den Schmerzen, lächelte und bezeugte Tims Clean-sein, das er immer wieder mit stolz geschwellter Brust zum Besten gab. Nicht meinen Eltern, nicht meinen Freunden, keinem gegenüber auch nur ein einziges Wort, dass ich mich in einem Albtraum befunden habe, einem Albtraum aus dem Filme gemacht werden, "Wir Kinder vom Bahnhof Zoo", über das vor Jahren jeder gesprochen hat und entsetzt und geschockt war, eine Welt, die so weit entfernt scheint von unserer glücklichen Realität hier am Ort, wo es keine größeren Probleme gibt, zumindest keine, die mit Drogen zu tun haben. So Etwas wird totgeschwiegen und Tims Vergangenheit war ohnehin ein Kampf zu akzeptieren für viele, ein absolutes No-Go die Wirklichkeit und seine wieder ausgebrochene Sucht an die große Glocke zu hängen.
Selbst die Therapie malte ich in Bildern um, als Arbeitsstelle in Österreich, wo Tim sich auf Montage Geld verdienen konnte, und jeder fand es toll, dass er so etwas machte und ich in dieser Zeit so zu ihm hielt. Ha, wenn die Leute wüssten, was ich wirklich mit mir trug, sie würden wahrscheinlich nichts mehr mit mir zu tun haben wollen. Wer will schon mit der Freundin eines Junkies befreundet sein, der sich unsaubere Nadeln in den Arm jagt und auf einer verdreckten Bahnhofstoilette vor sich hin gammelt, mit der Spritze im Arm, dem Tod immer wieder von der Schippe springend.
Freundin.

Exfreundin.
Ausgebrannt und ein emotionales Wrack.
Ich lege den Kopf in meine Hände und bin so müde, dass ich auf der Stelle einschlafen könnte. Tims Mutter streicht mir sacht und irgendwie ängstlich über den Rücken. Bleib stark. Ja, ich versuche es. Ich kann Deinen Sohn nicht vergessen, denn ich liebe ihn bis zu meinem bitteren Ende.
Entschuldigend zucke ich mit den Schultern, bedanke mich für den Kaffee und das Gespräch mit ihr, das mir so viel gibt. Wenn ich bei ihr bin, bin ich Tim näher als sonst irgendwo auf dieser Welt. Mein einziger Lichtblick, die Stunden mit ihr. Sie hat ihn in sich getragen, ihm Liebe und Wärme gegeben, sie ist herzlich und ehrlich und weiß, was in mir vorgeht. Sie hat mich immer unterstützt im Kampf um die Drogen, hat Tim immer wieder ins Gewissen geredet, schon vor meiner Zeit den schlimmsten Horror mit ihm erlebt. Sie ist die Frau, die ihm immer am nächsten stand und die jetzt für mich ein Halt ist, im düsteren Grau meiner Welt. Mit hängenden Armen greife ich nach dem Türgriff und trete aus dem Haus, in dem ich die erste Nacht mit Tim verbracht und ihn lieben gelernt habe. Aus dem Haus, in dem ich Spritzen gefunden habe und Löffel und Stoff, aus dem Haus, mit dem ich Tim verbinde, in dem wir so viele wundervolle und auch schreckliche Stunden verbracht habe.
Der Schlüssel für dieses Haus klimpert in meiner Tasche, ich bin noch nicht bereit ihn abzugeben, mein letzter materieller Halt und meine Erinnerung an die Liebe meines Lebens.

26

Jessy blickt sich im Zimmer um, nimmt die dämmernde Dunkelheit wahr, die sie umgibt und hört der Stille zu, die die in ihren Zimmern schlafenden Kinder verbreiten.
Sie sitzt mit dem Rücken an die hölzerne Rückwand gelehnt aufrecht im Schneidersitz in ihrem Bett, greift nach der Fernbedienung des kleinen Fernsehers an der gegenüberliegenden Wand und zappt durch die Kanäle. Die Reportage über fette Frauen in Amerika hat sie schon gesehen, auch die Diskussionsrunde auf einem anderen Sender interessiert sie nicht sonderlich. Mit einer wegwerfenden Handbewegung drückt sie auf die Austaste des TV-Gerätes und legt seufzend den Schalter wieder auf das dunkle Nachtkästchen. Das Klacken des metallenen Schalters auf dem Holz zersprengt die Stille und liegt ihr unangenehm in den Ohren. Jessy greift neben sich auf die andere Seite des Bettes, wo Tims T-Shirt liegt, zerknautscht vom Tragen und nicht mehr ganz frisch. Sie drückt das weiche Stück dunkelblauen Stoffes an ihre Nase und atmet

tief ein, nimmt den Geruch seines Parfums tief in sich auf, zusammen mit dem noch ganz leicht riechenden Geruch des Weichspülers, den sie verwendet. Ein tiefes Gefühl der Sehnsucht durchdringt sie und krabbelt schwer von den Fußspitzen über die Beine und den Bauch in ihr Gehirn.

Tims T-Shirt in der einen Hand greift sie auf die Seite gebeugt nach der Schublade des Nachtschrankes, die sie knarrend öffnet um ihr graugebundenes Tagebuch aus dem Krimskrams zu suchen, auf das Bett zu legen und erneut in die Schublade nach einem Kugelschreiber zu greifen.

20.09.

Heute schläft Tim seit Ewigkeiten das erste Mal wieder bei sich - und mein Bett ist so verdammt leer!
Es ist einfach nur schön, dass es ihn gibt! Aber irgendwie hab ich heute auch eine wahnsinnige Angst, Angst dass er jetzt allein ist, dass er Scheiße bauen könnte. Weil das an dem Sonntag vor ein paar Monaten auch so war, als er allein zuhause war und sich trotz der Substitution einen Schuss gegönnt hat. Eigentlich weiß ich, dass er das nicht tut, wo sollte er heute etwas her haben, wir haben den ganzen Tag zusammen verbracht, waren keine Sekunde getrennt?!
Woher das Geld warum sollte er mich aufs Spiel setzen?
Ich kann ihm nur glauben, was er sagt.
Aber er war die letzten Tage so durch den Wind manchmal, hat vorgestern geweint abends, weil die Kinder nicht gefolgt haben, nicht ins Bett gehen wollten und ständig gestritten haben. Ich fand das gar nicht so schlimm, das ist eben der Alltag mit den Kindern, und es läuft nicht immer so wie man das gerne haben will.
Aber Tim ist voll zusammen geklappt und hat in Lukas Zimmer auf der Matratze bitterlich geweint. Wollte mitten in der Nacht heim laufen. Gott sei Dank ist er dann doch geblieben.
Ich bin kaum an ihn heran gekommen, so verschlossen hat er sich in seinem Kummer.
Manchmal bin ich so sicher, dass er das alles packt, das weiß ich. Aber ich habe manchmal auch Angst, dass er es nicht schafft, denn das ist das 100%ige Aus für uns und das will ich nie, niemals im Leben!
Er gibt mir so verdammt viel!
Als wir neulich auf dem Volksfest waren hat er mir ein Herz an der Schießbude geschossen, eine Rose gekauft, die erste Blume, die ich freiwillig und ohne zu fragen oder zu bitten von einem Mann bekommen habe. Der ganze Abend war so toll, so lustig, so unendlich schön!

Genauso wie der Tag in der Therme vor zwei Wochen. So viel Nähe und Wärme!
Ich genieße das so sehr mit Tim, jede Berührung, jeden seiner Atemzüge wenn er schläft. Wie er riecht, wie er sich anfühlt, wie warm seine Haut ist, oder seine Hand, wenn er sie beim Autofahren auf mein Bein legt!
Er hat das ganze Wochenende mit Lukas Zimmer renoviert, geschuftet wie ein Schwein!
Ich möchte ihn niemals verlieren, ich liebe ihn so sehr!
Alles was vorher war verblasst neben ihm!
Ich glaube ich ruf ihn mal an, er hat nicht zurück geschrieben auf meine Sms vorhin, sicher schläft er schon, aber ich bin glaube ich erst beruhigt wenn ich ihn höre!

Jessy legt das Tagebuch und den Kugelschreiber wieder zurück in die Schublade und angelt sich das Handy vom anderen Nachttisch auf Tims Seite des Bettes. Sie kommt sich blöde vor, weil sie diese Unruhe in sich verspürt, sich Gewissheit verschaffen will, dass Tim zuhause in seinem Bett liegt und schläft, anstatt zu gedröhnt oder noch schlimmer tot mit der Nadel im Arm irgendwo in einer Bahnhofstoilette zu liegen. Man weiß nie, Tim hat ihr das auch erklärt, ob der Stoff nicht reiner ist und man daran elendiglich krepiert. Man weiß nie, ob der Stoff nicht mit anderen Sachen verunreinigt und gestreckt ist. Man weiß nie, ob man nach so langer Abstinenz nicht doch zu viel erwischt. Diese Worte hallen in Jessys Ohr als sie mit klammen Fingern Tims Nummer aus dem Telefonspeicher sucht und die Wähltaste drückt. Ihr Herz klopft bis zum Hals, sie ist so aufgeregt als würde sie Tim zum allerersten Mal anrufen, zum allerersten Mal seine Stimme hören, die sie aus tausenden fremder Stimmen erkennen würde.
Ein verschlafenes "Schaaaatz?" am anderen Ende der Leitung lässt in Jessy ein schlechtes Gewissen hochsteigen. Tim hat doch schon geschlafen und sie ihn geweckt.
"Ich wollte Dir nur eine gute Nacht wünschen und fragen ob alles ok ist bei Dir? Du hast nicht zurückgeschrieben, und da dachte ich..." Jessy stockt mitten im Satz und möchte nicht aussprechen was sie dachte, um ihm keine Anschuldigungen zu machen, die absolut haltlos waren. Tim ist ehrlich zu ihr, die ganze Zeit schon, seit Wochen. Warum also zweifeln?
"Oh Jessy", seufzt Tim müde und verschlafen "ich weiß schon, du wolltest hören ob ich mir Braunes geholt hab. Nein hab ich nicht. Ich versteh schon was in Dir vorgeht und dass Du Angst hast, aber meinst du es macht es besser wenn Du mich kontrollierst?"
"Nein Tim, das macht es nicht, das weiß ich. Aber ich konnte nicht anders. Ich dachte mir schon, dass nichts ist und du schläfst, aber ich musste es von Dir hören. Es tut mir leid, dass ich so schlecht von Dir gedacht habe. Wirklich Tim. Ich liebe Dich!"

"Und ich liebe Dich, Jessy, aber jetzt lass mich schlafen und vertrau mir einfach, ja. Oder hab ich Dich die letzte Zeit angelogen?"
"Nein, Du warst ehrlich zu mir. Ich weiß. Es tut mir leid, schlaf weiter, ja!?"
Jessy legt auf und sitzt wie ein Häufchen Elend auf ihrem Bett, die kalten nackten Füße unter die Decke gestreckt. Sie schämt sich so sehr dafür, dass sie geglaubt hat Tim könnte sie angelogen haben und den freien Abend für ihre Nebenbuhlerin Droge genutzt haben. Tims Droge ist das Heroin, von dem er abhängig war wie von nichts anderem. Das Heroin ist Jessys Nebenbuhlerin, Tims Geliebte, fast so fühlt es sich für Jessy an, als würde er fremdgehen und sie mit einer anderen Frau betrügen. Immer wieder versuchte Jessy ihrer Freundin Sanne in der letzten Zeit das brennende Gefühl zu beschreiben, das man empfindet, wenn man weiß, dass der Partner abhängig ist von diesem braunen Pulver, aber so richtig fand sie nie die Worte dafür. Wie brennende Eifersucht, wenn der geliebte Mensch einen mit einer anderen Frau betrügt, quälende Fragen im Kopf und am schlimmsten noch das Gefühl, dass dieser Mensch unter Drogeneinfluss nicht mehr der selbe ist, der er war. Doch die Droge ist kein würdiger Gegner für Jessy, steht jeden Tag im Schatten und wartet auf den Zeitpunkt wieder zuschlagen zu können, wieder Besitz von Tim einzunehmen und ihn zurück in ihren Bann zu ziehen. Gegen eine Frau könnte Jessy mit ihrer Liebe vielleicht noch etwas ausrichten, nicht jedoch gegen das Heroin, das sich in Tims Gedächtnis gebrannt hatte und ihn alle paar Wochen wieder einmal dazu greifen lies, gespickt mit Lügen seinerseits und Vorhaltungen ihrerseits. Sie begräbt den Kopf in ihren Händen und schüttelt ihn hin und her. Schmerzen und Erinnerungen keimen in ihr auf, ihr Kopf wird vom Nacken an aufwärts ganz kribbelig und sie riecht vor ihrem Inneren wieder den Duft, der an diesem einen Abend in ihrem Wohnzimmer stand, intensiv und Übelkeit erregend und für immer in sie eingebrannt wie ein Bild. Der blumige Duft einer großen Kerze, die an diesem Abend wie immer den Tisch zierte, deren Geruch sie noch nie vorher so prägnant wahrgenommen hatte. Sie hatte die Kerze sofort in den Abfalleimer geworfen als sie die Ursache des durchdringenden und in allen Fasern des Körpers festsetzenden Übeltäters gefunden hatte. Doch die Erinnerung daran und die damit verbundenen Gefühle ergreifen Jessy immer dann wenn sie an Heroin denkt.
Sie muss aufhören zu denken, sich immer wieder zu erinnern, das weiß sie, aber es ist so verdammt schwer, so wahnsinnig geprägt hat sie das alles, was ihren geliebten Tim so verändert hat. Sie hasst diese Droge, sie hasst alle Drogen, weil sie Menschen zu Tieren machen, rücksichtslos und egoistisch sein lässt. Einen liebevollen und warmherzigen Tim in einen kühlen und unberechenbaren Tim verwandelt.
Jessy wünscht sich wie so oft einfach zaubern zu können um sich ihre heile und schöne, lichtdurchflutete und zauberhaft verliebte Welt wieder erschaffen zu können, mit Vertrauen und Leichtigkeit, ohne Lügen und Betrügen, ohne Zweifel und Verachtung und Trauer und Wut.

Die Deckenlampe flackert kurz auf und Jessy sieht hoch. Sie ist müde vom Denken und Fühlen und Vermissen und möchte nur noch schlafen. Ändern kann sie es heute sowieso nicht, falls Tim sich doch nicht nur verschlafen sondern von Drogen verwaschen angehört haben sollte. Sie kann versuchen sich am nächsten Tag Gewissheit zu verschaffen, aber eigentlich ist sie auch viel zu erschöpft sich wieder und wieder an seine Fersen und Taschen zu hängen nur um ihm zu beweisen, dass er sie angelogen hat. Sie vertraut ihm jetzt hier und heute und zweifelt nicht an seinen Worten, sonst wird sie vor lauter Gedankengrübelei wieder keinen Schlaf finden wie immer, wenn Tim nicht neben ihr liegt.
Jessy löscht das Licht und schlüpft in der Dunkelheit des stillen Wohnzimmers unter ihre warme, kuschelige Daunendecke, Tims T-Shirt fest an Gesicht und Nase gedrückt. Mit seinem Duft um sich schläft sie ein.

27

Ich kann noch fühlen!
Tim kommt. Hierher, zu mir nach Hause! Er ist mein Mann, er bleibt mein Mann. Ich muss ihn los lassen, muss ihn erst mal loslassen - für immer vielleicht?
Darf keine Hoffnung haben, ist besser für mich. Aber ich habe solche Angst los zu lassen, es fühlt sich wie Verrat an für mein Herz.
Einfach abzuschließen geht nicht, da ist einfach viel zu viel Gefühl für ihn. Aber beiseiteschieben, sich auf mich konzentrieren, meine Probleme anpacken.
Ich konnte nicht anders, ich habe ihm eine Sms geschrieben. Nur ein paar Worte: Ich vermisse Dich so sehr!
Und ich konnte nicht glauben, dass er zurückschreibt. Er ist am Wochenende Zuhause, ob ich reden will?
Ja, ja, ja ich will, und wie ich will!
Solch ein Glück und eine unbeschreibbare Freude habe ich so lange nicht verspürt wie in diesem Moment. Nicht nur ein Hoffnungsschimmer. Die Rettung! Ich hüpfe durch mein Wohnzimmer und lache laut, befreit, Freudentränen laufen meine Wangen hinab und ganze Schmetterlingsherden fliegen wie irre durch meinen Bauch, machen meinen Kopf leer vor Freude und Glück, die Liebe quillt aus mir heraus, strömt durch jede Faser meines Körpers und ich weine hemmungslos vor Erleichterung und Freude, dass ich ihn sehen werde, mit ihm sprechen kann, ihn ansehen kann.
Ich fühle wie ich lebe, wie schnell mein Atem ist und wie sehr ich mich auf ihn freue! Ich weiß nicht wohin mit meinem ganzen Glück und wohin mit der Liebe,

die ich in mir trage und die ich die letzten Monate irgendwo tief in mir begraben habe, um nicht daran zu ersticken.
Tim kommt hierher, das ist alles was ich weiß. Ich kann nicht mehr, es wirft mich um, macht mich fertig. Aber diesmal vor Glück und das ist eine völlig neue Erfahrung. Ich grinse über das ganze Gesicht, tanze durch die Wohnung und alles in mir fühlt sich leicht und so voller Hoffnung an. Mein Spiegelbild lächelt mir mit tränennassen Wangen zu, ich sehe eine vollkommen strahlende, positive Jessy, eine Jessy die endlich wieder fühlen darf.
So fühlt sich Leben an. Tim. Leben. Glück.

28

Tim schreitet mit Jessy durch die dunkle, düstere und unheimlich wirkende leere Kirche, zwischen Bänken hindurch, abweisend und eine Kälte ausstrahlend, die Jessy schaudern lässt. "Du kannst das nicht tun, Tim!"
"Was kann ich nicht tun? Mir einen Schuss setzen? Hier in der Kirche? Sieh her wie ich das kann, ich kann nicht ohne leben Jessy, das ist mein Lebensinhalt, das ist mir sogar wichtiger als Du!" Tim lacht sie aus, lacht laut und die hohen Wände der Kirche hallen sein Lachen wieder.
Vor ihm liegt eine lange dünne Insulinspritze auf einer der vielen hölzernen Kirchenbänke.
Mit flinken Fingern befördert Tim ein Feuerzeug, einen Zigarettendrehfilter, ein winziges Fläschchen Wasser, einen Löffel und zwei kleine weiße Papierbriefchen zutage, legt die Utensilien zu der kleinen Spritze auf die Bank. Er sieht nicht Jessys geschocktes und völlig verstörtes Gesicht. Sieht nicht wie Jessy die Knie zittern so dass sie sich an der Bank festhalten muss. Mit geübten Fingern fügt Tim alles zu einer Einheit zusammen, kocht sich das braune und weiße Pulver zusammen auf um es dann durch den Filter in die Spritze zu ziehen. Schnell und wendig macht er das, jahrelange Übung lassen jeden Handgriff sitzen.
Jessy sieht ihm wie gebannt zu, voller Ekel und doch kann sie den Blick nicht von ihm lassen, wie er sein Handwerk verübt, sich auf die weich gepolsterte Kirchenbank setzt und sich die Spritze in den Arm drückt. Bevor er sich das Heroin in die Adern jagt sieht Tim zu ihr auf, lacht sie aus, verhöhnt sie: "Warst Du wirklich so blöd und naiv zu glauben, dass ich mich an das Versprechen halte

nie wieder dazu zu greifen? Jessy, wie blöd muss man eigentlich sein? Hast Du nicht bemerkt, dass ich Dir seit Monaten etwas vorspiele, seit Monaten schon wieder voll drauf bin? Oh Jessy wie naiv Du bist, glaubst an die große Liebe! Weißt Du wen ich wirklich Liebe? Nein, nicht Dich. Ich liebe mein H, und daran wirst Du nie auch nur annähernd reichen, egal was Du tust oder sagst." Tim drückt ab, langsam, behutsam. Sein Blick verliert die Konzentration und er legt den Kopf in den Nacken, schließt die Augen, sein Gesichtsausdruck entspannt und fast verzückt. Die Spritze steckt noch immer mitten in seinem Arm, in der kleinen Kirche mit den Holzbänken und den Heiligenbildern an der Wand. Jessy wacht schweißgebadet auf und setzt sich kerzengerade im Bett hoch. Ihr Herz schlägt so schnell, dass sie kurz vor einem Herzinfarkt stehen könnte, pumpt ihr Blut pochend in den Kopf, der noch nicht begreift ob das Realität oder Traum ist, dieses Bild von Tim und ihr in der Kirche.
Sein Hohn durchdringt sie, der Anblick der Spritze und des Wegtretens nach dem Schuss brennt sich auf ihre Netzhäute, sie atmet schneller, Tränen laufen ihre Wange herunter. Tiefe Schluchzer schütteln ihren Körper, lassen sich nicht aufhalten und dringen mit wimmernden Lauten aus Jessys Mund, die Schmerzen und Spuren des Erlebten bahnen sich ihren Weg und schütteln sie durch und durch, brechen alle Dämme in ihr, die sie mühsam aufgebaut hat um sich selbst zu schützen.
Die Klarheit darüber, dass das alles gerade eben erlebte nur ein schlechter Albtraum war dringt langsam an die Oberfläche ihres Bewusstseins, aber das Gefühl der Verzweiflung intensiviert sich und Jessy bricht laut weinend in ihrem Bett in sich zusammen.
Tims schönes Gesicht mit all den kleinen Dingen, die sie so sehr an ihm liebt, fast verehrt, erscheint vor ihrem inneren Auge, abgelöst durch eine Spritze in seinem Arm, an denen noch Narben von seiner früheren Suchterfahrung zu erkennen sind. Jede einzelne dieser Narben kennt sie auswendig, streicht immer wieder zärtlich darüber wenn Tim nah bei ihr ist, denn sie liebt auch diese, sie gehören zu Tim und seinem Leben wie seine Muttermale, seine Tätowierungen und jedes einzelne Haar, jede Stelle seines Körpers.
Jessy sitzt still jetzt, lässt die Empfindungen über sich zusammenschlagen, Wellen bilden und wie ein Orkan über sie hinwegfegen. Sie kann sie nicht ausblenden, nicht verdrängen, muss ertragen wie ein unberechenbares Unwetter, bis es immer ruhiger wird und langsam zu einem stillen Wind abflaut. Die Hände auf die Stern gelegt und die Ellenbogen auf die Knie gestützt erträgt sie die Liebe und die Verzweiflung, erträgt jede Träne die sich eine Straße über ihre Wangen bahnt und vom Kinn auf ihr pinkes Snoopy-Nachthemd tropft, dort einen dunklen Fleck hinterlässt und größer wird.
Langsam kehrt die Realität zurück und macht dem bitteren Traum ein Ende. Auch Jessys Atem wird langsamer, das Herz schlägt wieder im gewohnten Rhythmus.

Sie muss tapfer sein, noch eine weitere Woche kämpfen bis Tim auf die Entgiftungsstation gehen kann und weitere drei Wochen später in die Therapieeinrichtung Fürstenhof einzieht, die für die nächsten Monate seine Heimat werden wird. Jessy ist froh, dass nach monatelangem Kampf und Absagen, einem strengen aber für Tim positiv ausgefallenen Gutachten endlich die Therapie bewilligt wurde und er seinen Termin auf der Entgiftungsstation und im Haus Fürstenhof machen konnte. Das ist ihr Weg in ein normales Leben. Das ständige Fahren zur Vergabe wird damit endlich ein Ende nehmen, die Sorgen die sie sich um ihn macht wenn es ihm nicht gut geht, die Ungewissheit ob er doch zwischendurch trotz Ersatzdroge wieder zum Heroin greift um den Kick noch einmal zu erleben, das alles wird in einer Woche zu Ende sein. Jessy kann dann durchatmen, den Druck los werden, der sie jeden Tag begleitet, auf ihren Schultern so schwer lastet als würde sie ein Gebirge mit sich schleppen. Sie weiß, dass sie dann durchatmen kann und ein klein wenig der Verantwortung ablegen die sie sich selber auferlegt hat, als sie sich entschieden hat mit Tim den Weg in ein sauberes Leben zu gehen. Dort hat er professionelle Hilfe, Therapeuten die ihm beistehen und ihm den Weg zeigen Veränderungen in seinem Leben in die Hand zu nehmen und stark zu bleiben der Droge gegenüber. Die ihm lehren NEIN zu sagen. Einen anderen Weg gibt es nicht, das ist Jessy deutlich bewusst. Allein kann Tim das nicht schaffen, hat es versucht vor fast einem Jahr, mit ihrer Hilfe und ihrer Unterstützung. Und dann doch aufgeben müssen um den längeren Weg über Substitution und Therapie zu gehen.
Mittlerweile ist es fast Frühling geworden in dem kleinen Ort wo Jessy und Tim leben. Und mit den knospenden Blumen wächst die Hoffnung in Jessy heran, dass Tim es schafft seinen langen, harten Weg zu gehen, der vor ihm liegt. Und dass auch sie es schafft diese lange Durststrecke zu überwinden in der sie ihren Tim so lange Zeit entbehren muss. Wie sie das schaffen soll weiß sie nicht, aber es kommt ihr klein vor auf der Waage mit dem bereits erlebten. Mehr Liebe und Leid, mehr Verzweiflung und Hoffnung kann nicht kommen, denn wie viel kann ein Mensch ertragen?
Nein, es muss gut gehen mit der Therapie, sie spürt Tims Willen jeden Tag aufs Neue, spürt seinen Elan und seine Hoffnung auf ein Leben mit ihr, Jessy, und mit ihren Kindern.
In diesem Moment vibriert piepsend Jessys Handy auf der Kommode. Tim. Jessy lächelt und ein warmes zärtliches Gefühl unendlicher Liebe zu ihm durchflutet sie wie die Sonnenstrahlen die noch winterlich anmutenden Wolken am eigentlich blauen Himmel.

*Ich zittere wie Espenlaub, als ich die Tür öffne und er vor mir steht.
Mein Herz rast, jegliches Denken scheint mir unmöglich, denn ich kann nur fühlen und weiß nicht einmal was, alles durcheinander und zu viel, viel zu viel.
Tim kommt auf mich zu, sofort erkenne ich seinen schnellen Gang, die Beine ganz nah aneinander vorbei geführt, erkenne seine zum Boden geneigte Kopfhaltung und seinen leicht unsicheren Blick als er vor mir in der Haustür steht und den Rucksack mit mir so bekannter Geste von der Schulter in seine Hand rutschen lässt.
Kein Tag scheint mir dazwischen zu liegen, seit wir uns das letzte Mal gesehen haben. Mein Blick muss all das ausdrücken was ich für ihn empfinde, denn Tim geht einen weiteren Schritt auf mich zu, nimmt mich ungefragt in den Arm, ich rieche seine Haut am Hals, an den ich meinen Kopf schmiege, kann das Leder der Jacke riechen und einen leichten Hauch von dem Männerparfum, dass ich ihm irgendwann einmal in die Therapie geschickt habe.
Meine Beine geben nach und ich kralle mich mit steifen klammen Fingern in die quietschende schwarze Lederjacke, suche nach Halt als mir der Boden unter den Füßen wegrutscht. Und Tim gibt mir halt. Hält mich stark und fest in seinen Armen, ich höre und spüre seinen warmen und schnellen Atem ganz nah an meinem Ohr, spüre ein Zittern, das durch seinen Körper geht und mich noch schwächer werden lässt.
Die Haustüre steht sperrangelweit offen und jeder könnte sehen wie wir hier stehen und uns verzweifelt aneinander klammern wie an einem Rettungsanker. Doch das ist mir egal, ich spüre Tim und halte ihn und genieße diese Nähe, die mir mehr gefehlt hat als alles andere. "Ich hab dich so sehr vermisst" flüstert er mir ins Ohr und sofort erinnert sich mein Körper an seine Stimme, seine Klangfarbe und die Art zu sprechen. Mein Herz tanzt im Rhythmus seiner Worte und unendliche Erleichterung bricht sich Bahn in mir, schießt mir mit heißen Tränen in die Augen, lässt mich mein Gesicht noch fester an seinen Hals drücken und die Wärme seiner Haut in mich aufnehmen. Nie wieder will ich ihn los lassen, möchte stehen bleiben für immer, möchte eins werden und mich in ihm verkriechen, in Tim versinken.
Wir stehen lange so und halten uns aneinander fest ohne uns zu rühren. Irgendwann drückt Tim mich langsam von sich weg, lässt seinen schwarzen Rucksack zu Boden gleiten und schließt leise die Tür. Mir wird die Distanz bewusst, die wir die letzten Monate hatten und es macht mich unendlich traurig.
Ich gehe Tim voran ins Wohnzimmer, wo wir so viele schöne Stunden zusammen verbracht haben, wo ich alleine gelitten habe und mit meinem Schmerz fertig werden musste ohne Hilfe und ohne Halt.
Langsam setze ich mich auf die Couch, weiß nicht was ich sagen soll, was denken, was fühlen.*

Ich sehe Tim an, der mir so vertraut und doch so fremd in die Augen sieht, kann seinen Blick nicht interpretieren, verletzt, traurig vielleicht?
Ich beobachte ihn, wie er unsicher seine Jacke auszieht und über den Stuhl des Esszimmertisches wirft, das gleich ans Wohnzimmer angrenzt. Er schiebt sich mit schnellen Bewegungen die Ärmel seines Sweatshirts hoch und dreht sich zu mir um, kommt langsam auf mich zu und setzt sich eng neben mich auf die Couch.
"Jessy Du hast mir gefehlt!" Tim greift nach meiner Hand, ich sehe ihn unsicher, fast schüchtern an, traue mich nicht mich auch nur einen Zentimeter zu bewegen. Es ist wie ein Traum, seit Monaten gehofft und erwartet und nicht mehr daran geglaubt, dass er irgendwann jemals in Erfüllung gehen könnte. Plötzlich liegen wir uns in den Armen und ich fühle Tims Hand an meiner Wange, seine Hand die mich hält und mir Wärme gibt, ich spüre seine Liebe durch jede Faser seiner Haut in mich eindringen und sauge seine Berührungen auf, fresse ihn in mich hinein und kann nicht genug bekommen. Meine Seele schreit vor Erleichterung und der Gier nach mehr, ich fühle Tim, schmecke ihn jetzt, seine weichen Lippen sanft auf meinem Mund, strecke mich ihm entgegen und möchte eins mit ihm sein, in ihn hineinschlüpfen und mit ihm Verschmelzen. In den Geschmack seines Speichels in meinem Mund mischen sich salzige Spuren von Tränen der Erleichterung, und kurz wird mir bewusst, dass ich noch nie in meinem ganzen Leben so viel geweint habe wie in der Zeit mit Tim. Aus unendlich tiefer Liebe, aus Schmerz, Wut, Verzweiflung, aber auch aus absoluter Kraftlosigkeit und Trauer.
Ich schiebe Gedanken beiseite, gebe mich Tims Küssen hin, seinen Händen, die überall sind und mich streicheln, mich halten, fordern und lieben. Nichts Sexuelles ist an seinen Berührungen und auch nicht in meiner Gier nach ihm, nach seiner Liebe und der Gier endlich wieder so fühlen zu dürfen wie ich es in mir trage, raus zu lassen was so lange verschüttet wurde.
Ich schmiege mich an ihn, kann nicht genug bekommen von meinem Tim. Mein Tim. Meine Liebe. Meine Erfüllung und mein Leben.
Tim hört auf mich zu küssen und sieht mir tief in die Augen. Wehmütig und traurig blickt er mich an, fast als wollte er sich entschuldigen. Aber ich brauche keine Worte, es reicht mir für den Moment vollkommen aus, dass er hier ist bei mir.
Er streicht mir mit der Hand durchs Haar, fährt mit seinen Fingerspitzen jede Linie meines Gesichtes nach, ganz sacht, so wie er es ganz zu Anfang unserer Beziehung immer getan hat. Ich schließe die Augen und gebe mich seinen Berührungen hin, lasse ihn mich wie neu erkunden und koste das süße Gefühl aufsteigenden Verlangens nach ihm Schluck für Schluck aus.
Ich lasse mich fallen in ihm, lege mich in seine Hände. Es fühlt sich an wie am ersten Tag, nur dass etwas neues sich unter all meine Gefühle mischt: Wehmut um die Zeit, die wir durch Drogen und Trennung verloren haben.

"Und du meinst, dass 3 Wochen zum Entgiften ausreichen? Du bist doch ganz schön hoch eingestellt von der Dosis oder?"
"Jessy, ich bin wirklich nicht hoch eingestellt, da gibt's schon weitaus höhere" Tim lacht Jessy fröhlich an und nimmt ihre Hand. Sie laufen zusammen den Feldweg entlang der aus der Ortschaft hinausführt in der sie wohnen. Um sie herum zwitschern Vögel, die am Himmel ihre Kreise ziehen. Die Luft ist warm, fast sommerlich und macht die letzten trüben und wolkenverhangenen Regentage wieder wett, lässt nicht nur Hoffnung schöpfen sondern hebt die Laune und bereichert den Körper mit Glückshormonen.
Jessy fühlt sich so frei und unbedarft wie lange nicht mehr, sie hüpft fast beschwingt auf den Kieseln des Weges, hält ihren Mann an ihrer Seite ganz fest und fängt an fröhlich zu summen.
"Schatz, was ist denn mit Dir heut los, so glücklich hab ich Dich lange nicht gesehen?" sieht Tim sie mit einem verschmitzten Lächeln an. Sie sieht seine grünen Augen, die ihr so tief scheinen und endlos wie das Meer, durch die sie so oft in seine Seele schauen konnte und sich in seinem Blick gebadet, ihr Herz für ihn geöffnet und in ihm versunken ist.
Sie sieht die feinen Härchen auf seiner Nasenwurzel, die sie unbedingt zupfen muss bevor er auf die Entgiftungsstation geht, nimmt die kleinen Lachfältchen um seine Augen wahr und seine vollen Lippen, die endlich lächeln und nicht durch den Drogennebel nach unten gezogen und so schmal wie eine Linie sind. Einzig das Bewusstsein, dass er noch immer eine Ersatzdroge in sich trägt, die durch jede Ader, jeden Winkel seines Körpers und seines Gehirnes fließt, trübt ihre Stimmung ein klein wenig. Trotzdem kann ihr das das Glücksgefühl nicht nehmen, das sie heute in sich trägt und am liebsten laut herausschreien möchte.
"Tim, ich bin einfach glücklich heute, schau, in ein paar Tagen gehst Du auf Entgiftung, dann auf Therapie, ein Leben ohne Drogen liegt vor uns und ich freue mich so darauf! Dann können wir unsere Träume verwirklichen, heiraten, ein Kind bekommen und endlich unbeschwert leben! Ich liebe Dich wie am allerersten Tag, mein Leben, und wahrscheinlich noch viel, viel mehr! Weißt Du eigentlich wie oft ich dem lieben Herrgott da oben gedankt habe, dass er Dich in mein Leben geschickt hat? Dass ich erfahren darf wie sich wahre Liebe wirklich anfühlt? Und das ist mit nichts zu vergleichen, Tim!" Jessy strahlt und bleibt stehen, fühlt die Luft um sich und Tims Anwesenheit. In diesem Moment fühlt sie sich so vollkommen, so frei und glücklich und zu 100% Zuhause bei ihm, wie sie es lange nicht mehr gefühlt hat.
Tim schüttelt lächelnd den Kopf und zieht sie an sich. Sie stehen da, mitten auf dem Feldweg, Arm in Arm und sich haltend wie zwei frisch verliebte, sie

genießen die Stimmung, die Hoffnung und geben sich das, was sie am meisten verbindet: Tiefe Liebe zueinander, Achtung und Geborgenheit.

31

So hoch geflogen und wieder so tief gefallen.
Wunderschön, erfüllend, ganz nah und tief und innig.
Er ist nicht über Nacht geblieben, meinte das sei nicht gut, sie sollten sich am nächsten Tag noch einmal sehen um zu reden, miteinander über alles zu sprechen. Denn gesprochen hatten sie nicht viel, zumindest nicht mit Worten.
Ich packe die Badetasche fester in meine Hand, öffne den Kofferraum und quetsche sie hinein, muss ein bisschen drücken und zerren um sie in das wirklich kleine hintere Fach meines Autos zu bekommen. Wir hatten Pläne, Tim und ich, in der Zeit vor der Therapie. Und danach ein größeres Auto zu kaufen, eines mit dem man auch mal in den Urlaub fahren kann und auch Koffer und Gepäck unter bekommt. Und auf einen Schlag war alles weg. Alle Pläne zerstört und der Horizont verwischt auf den ich immer gesehen hatte. Ein Horizont der mir Glück bringen sollte und ein Leben mit Tim.
Noch einmal sehe ich auf mein Handy und lese die Sms, die Tim mir gerade geschickt hat, als ich mit den Kindern aus der Therme gekommen bin, wo wir so viel Spaß hatten in dem warmen Wasser, gealbert und gerutscht sind und einfach einen unbeschwerten, glücklichen Tag verlebten. Bis Tim mich wieder auf den Boden der Tatsachen zurückgeholt hat.
Sein Geruch von gestern Abend hängt nach dem langen Badespaß nicht mehr an meiner Haut, doch das Gefühl trage ich mit mir, das er hinterlassen hat in meiner Seele, seine Blicke und Gesten und lieben Worte habe ich in meinem Kopf und meinem Herzen gespeichert und dort eingebrannt um sie niemals zu vergessen.
"Ich weiß nicht wie das weiter gehen soll. Du bedeutest mir so viel Jessy. Aber ich wollte nicht hierher zurückkehren nach der Therapie. Ich werde in der Nähe von Fürstenhof bleiben und mir dort ein selbständiges Leben aufbauen. Wie sich das vereinbaren soll weiß ich nicht. Vielleicht sollten wir uns nicht mehr sehen, vielleicht ist es besser so. Tim"
Wumm. Vom Glücksgefühl des gestrigen Abends und heutigen Tages gefallen in ein Loch. Das schafft er immer wieder, mein Tim, mich von ganz oben nach ganz unten zu holen. Und immer in den Momenten, in denen ich glaube jetzt endlich glücklich sein zu dürfen.
Aber vielleicht darf ich das nicht, vielleicht soll ich nicht glücklich sein. Vielleicht ist mir bestimmt zu leiden.

Mit zittrigen Fingern und flauem Magen steige ich ins Auto, wo meine Kinder schon fast vor Erschöpfung auf ihrem Rücksitz einschlafen. Ich bin jetzt froh um die Ruhe, so kann ich nachdenken während ich das Auto nach Hause lenke, kann mir überlegen was ich Tim antworte.
Unerträglich ihn wieder zu verlieren nachdem ich ihn gestern so nah bei mir hatte.
Warum kommt er dann überhaupt, warum macht er mir wieder Hoffnung und sagt er liebt mich, wenn er mir dann wieder den nächsten Schlag in die Fresse gibt und mir den Boden unter den Füßen wegzieht?
Wie ferngesteuert lenke ich den Wagen aus der Parkplatzbucht auf die Straße, versuche mich auf die Schilder zu konzentrieren, die mir den Heimweg anzeigen. Was sich doch alles in Tims Leben verändert hat, seit unserer Trennung vor ein paar Monaten. Seine ganzen Pläne hat er wohl über den Haufen geworfen, nimmt sich die Freiheit woanders neu anzufangen und durchzustarten.
Und ich sitze hier in meinem Alltag, mit meinen zwei Jobs, dem Haushalt und den Kindern, kann nicht entfliehen, nicht dem täglichen Trott und nicht meinen Gefühlen, die er wieder hervorgezaubert hat und die ich so lange so gut versteckt habe.
Ich will nicht wieder so viel fühlen, weil Tim mir immer alle Hoffnung raubt. Bewusst macht er das sicher nicht, aber er macht sich auch keine Gedanken darum was er in mir anrichtet wenn er mit mir Zuckerbrot und Peitsche spielt. Weiß er überhaupt annähernd wie viel ich für ihn empfinde, wie groß diese alles überlagernde Liebe eigentlich wirklich ist? Wie Unkraut wächst und gedeiht sie und lässt sich mit nichts zerstören, brodelt Heiß unter der Oberfläche und wuchert alles zu. Die Schmerzen, die mir diese Liebe gebracht hat lassen sich mit den guten Seiten eigentlich nicht aufwiegen und trotzdem kann ich nicht aufgeben, muss hoffen und beten und lieben, immer wieder, jeden Tag aufs Neue. Wie ein Fluch trage ich diese Gefühle mit mir, mein einziges Ziel mit diesem Mann glücklich zu werden.
Je mehr Schmerzen und Wunden er mir zufügt umso fester halte ich an ihm fest, kann ihn nicht loslassen, nicht gehen lassen. Es ist wie eine Sucht, Tim ist meine Sucht. Manchmal frage ich mich, ob ich dieses Leiden mit ihm brauche, warum ich niemals Schluss gemacht habe, wenn er wieder und wieder eine Grenze überschritten hat. Es geht nicht. Ich brauche das gute Gefühl wenn ich ihn ansehe und in mir aufnehme, ich brauche das gute Gefühl wenn er mir sagt, dass er mich liebt, ich brauche seine Berührungen, brauche ihn um für mich vollkommen zu sein, um Glück und Zufriedenheit empfinden zu können. Ohne Tim bin ich ein Wrack, ein Nichts, eine existierende vor sich hinvegetierende Kreatur. Nur mit Tim fühle ich mich liebenswert, vollkommen, beschützt und geliebt und im Reinen mit mir selber.
Ich bin auch süchtig. Süchtig nach Tim. Süchtig nach dem, was er aus mir macht. Abhängig von seiner Liebe. Ohne Tim bin ich nichts...

27.02.

Tim hat sich so positiv verändert seit wir uns kennen, packt sein Leben an, hat Ziele, kümmert sich um seine Belange.
Am Anfang war er so oft down, hat sich wertlos gefühlt und so oft gesagt, er schadet allen nur, er ist für nichts und niemand nütze, ich hätte einen besseren Mann verdient als ihn. Ich hatte jedes Mal Angst wenn er so down war, so absolut versunken in seinem Wertlosfühlen. Klar hat er viel Scheiße gebaut in seinem Leben. Aber er hat mittlerweile gelernt das einzugestehen und für seine Fehler gerade zu stehen. Er ist so wunderbar positiv geworden! Ich freue mich so wenn ich ihn lachen sehe, wenn er Scherze macht. Er ist auf so einem tollen Weg!
Und deswegen wünsche ich mir nichts sehnlicher, als dass diese letzten zwei Tage bis zur Entgiftung schnell vergehen und er endlich mit seinem neuen Leben beginnen kann.
Es wird eine harte, lange Zeit. Wir beide werden uns oft alleine fühlen. Er wird mir fehlen, seine Wärme, seine Nähe, seine Liebe! All das tut mir so gut! Tim tut mir so gut!
Ich möchte mir gar nicht vorstellen, dass mein Bett 6 Monate oder länger sogar leer sein wird, seine Klamotten nicht überall verteilt liegen, ich ihn nicht jeden Tag in die Arme schließen kann.
Aber ich sehe es als Chance, als unsere einzige drogenfreie Chance! Gott wie ich das Wort "Drogen" manchmal verfluche, wie weh es tut, dass sie mir meinen Tim zum Teil genommen haben. Wie weh es tut seinen Charakter teilweise so "gedämpft" zu erleben, er ist er selber, aber meistens nur zu 50 %. Das Selbstlose, das "an Jessy denken", das uneingeschränkte Geben, das alles ist meistens weg.
Der fehlende Sex (und oh-Gott ich finde Tim so Hammer!), die "egoistischen" Züge, mein ständig wiederkehrendes Bewusstsein "er hat etwas in sich, jeden Tag aufs Neue, was ihn irgendwie betäubt und nicht ganz er selbst sein lässt", alles das berührt mich so tief, macht mich manchmal so schrecklich traurig.
Ich glaube nicht, dass Tim bewusst ist, wie sehr mich das alles berührt und wie groß meine Erleichterung ist wenn endlich, endlich alles wieder normal ist.
Ich liebe ihn so sehr! Niemals mehr kommt ein anderer für mich in Frage!
Ich hatte noch nie jemanden, der so einfühlsam war wie Tim (in seinen cleanen Zeiten), noch nie so absolut perfekten und erfüllenden Sex, sowas hab

ich noch nicht erlebt! Ich finde alles an ihm wunderschön, jedes Mal wenn ich ihn ansehe, dann denk ich voller Stolz: "Das ist meiner!"
Und deswegen, lieber Gott, gib uns die Chance auf ein Leben miteinander, lass alles gut gehen in der Therapie, lass uns nicht länger um unser Glück kämpfen, lass es uns leben!!

33

'Du kompensierst Deine Probleme mit Alkohol.'
Sprach es und setzte die große Dose Bier an seinen Mund, die er sich zuvor wohl in der Tankstelle gekauft hat und mit der er schon meine Wohnung zum zweiten Gesprächsabend betreten hatte.
Was danach folgte hätte leicht als therapeutische Behandlung zwischen Patientin und Psychotherapeut durchgehen können, ich wurde genau analysiert, auseinander genommen, verdreht und doch irgendwie verstanden.
Absurderweise erschienen mir seine Worte an diesem Abend glasklar und absolut stimmig, im Nachhinein frage ich mich, warum er eigentlich mit meinen angeblichen Problemen von sich ablenken wollte?
Das Problem an der ganzen Sache ist, dass ich jetzt auch nicht mehr weiß als vorher und dass wir immer noch an demselben Punkt stehen.
Da ist die Liebe und da ist die Vergangenheit, das was passiert ist zwischen uns in eineinhalb Jahren.
Und da ist seine Zukunft, die er wieder mal für sich alleine plant, mich ausschließt, denn er muss sich ja auf sich konzentrieren und das machen, was für ihn im Moment das Beste ist, ohne Rücksicht auf mich oder seine Eltern, ohne Kompromisse. Tatsache ist, er wird nicht wieder hierher kommen.
Er wird seinen Abstand behalten, den er sich räumlich geschaffen hat und wird dort bleiben, 80km entfernt von mir und dem ursprünglich geplanten Zusammenleben. Es wird kein Zusammen mehr geben, denn den Weg, den er gewählt hat und den ihm seine Therapeuten so schmackhaft gemacht haben, den wird er ohne mich gehen.
Ich höre den Regentropfen zu, die gegen die Fensterscheiben klopfen, in beständigem Rhythmus der Natur, die beruhigend auf mich wirken und meine innere Betäubung verstärken, mir das Gefühl der Machtlosigkeit nur allzu deutlich bewusst machen.
Einen klitzekleinen, wunderschönen Augenblick lang war ich erfüllt gewesen mit der Hoffnung, dass alles gut werden würde, das unsere Liebe so stark und präsent sein könnte, um Tim umzustimmen und ihn zurückkehren zu lassen.
Doch er hatte eine Stärke, eine wahre Manie entwickelt die er auf sein neues Leben fokussierte, mit dem einzigen Ziel, alleine zu leben und noch einmal an einem anderen Ort als seinem Zuhause neu durchzustarten.

Ich schließe die Augen und lausche der Musik des Windes, der Stille in der Wohnung und dem gleichbleibenden Rhythmus des Regens da draußen, der tausende Menschen in diesem Moment umgibt, die alle hinter ihren Fenstern ihr ureigenes Leben haben, fröhlich sind, ärgerlich, ängstlich, oder abgrundtief traurig wie ich.
Ich versuche die letzten Wochen seit Tims kurzer Rückkehr zu mir Revue passieren zu lassen, doch da ist nichts als grauer Nebel und Traurigkeit, nichts als der Alltag der zu einem großen, dunklen und verworrenen Ganzen verschwimmt, der tiefe Fall der Hoffnung, die einem von heute auf morgen genommen wird und einen krank macht, übel sein lässt und jeden Sonnenstrahl von der Seele raubt.
Ich darf nicht mehr an ihn denken, muss abschließen, irgendwie, auch wenn ich nicht weiß, wie das funktionieren soll. Schweigen umgibt uns, kein Anruf, keine Sms von seiner Seite, er will es mir nicht schwerer machen als es für mich ohnehin schon ist.
Mechanisch stehe ich von der Couch auf, setze Schritt für Schritt meine Füße in Bewegung und schlüpfe in meine weißen Turnschuhe. Ich schlucke, als ich nach meinem Schlüsselbund greife und Tims Haustürschlüssel schweren Herzens von den vielen anderen Schlüsseln löse. Zu viel Speichel sammelt sich in meinem Mund, wässrig und kühl, ich kann nicht mehr schlucken, habe einen Kloß im Hals der den Schluckmechanismus verhindert. Schnell reiße ich die Tür zur Gästetoilette auf, klappe ohne hinzusehen den Klodeckel nach oben und hänge mit würgenden Geräuschen über der Schüssel. Übelkeit und Würgereiz schütteln meinen Körper, treiben mir Tränen in die Augen die scharf brennen, doch wie immer kann ich nicht zu der ersehnten Erleichterung finden. Ich klappe den Deckel der weißen Keramikschüssel wieder klackend nach unten und wische mir mit Toilettenpapier das Wasser aus den Augen.
Ich muss das jetzt tun, auch wenn es der letzte Anker der Hoffnung ist, das letzte Symbol, das ich abgebe und ganz aus den Händen reiche. Vielleicht schaffe ich es dann, diesen Mann endlich aus meinem Kopf und meinem Herzen zu reißen. Den Weg nach draußen zum Parkplatz, auf dem ich mein kleines blaues Auto abgestellt habe, laufe ich ohne nachzudenken. Tims Schlüssel brennt fast in meiner Hosentasche, so sehr bewusst ist mir dessen Anwesenheit und der Abschied von diesem Zeichen, das weg muss, das ein Signal setzt für mich endlich abzuschließen. Ich drücke auf den automatischen Türöffner am Schlüssel meines Kleinwagens und die Türen entriegeln sich gleichzeitig. Einsteigen, Schlüssel ins Schloss und starten. Automatisch. Mechanisch.
Beim Starten des Motors dringt Grönemeyers "Flugzeuge im Bauch" aus den Boxen, lässt die Türen und Fenster um mich vibrieren und perlt an mir und meiner inneren Mauer ab.
"Kann nichts mehr essen, kann Dich nicht vergessen, aber auch das gelingt mir noch..."

Wie wahr. Voller Hohn lache ich auf. Manchmal ist da so viel Gefühl in mir, das sich nach Außen drängt und mich überwältigt wie eine Flut. Und manchmal sehe ich wie von oben auf mich herab, sehe mich ohne Gefühl handeln und agieren, meine Kinder versorgen und meiner Arbeit nachgehen, ohne Gefühl, ohne Gefühl, ohne Gefühl.
Der Weg zu Tims Haus ist mir in Fleisch und Blut übergegangen, so oft bin ich ihn gefahren, dass ich selbst mit verbundenen Augen unfallfrei dort ankommen würde.
Und immer hat mich etwas dorthin begleitet.
Freude, als wir unsere Beziehung begannen.
Trauer und Wut, als er rückfällig wurde.
Hoffnung, als Entgiftung und Therapie endlich feststanden.
Vermissen, als er dann wirklich so weit weg von mir war.
Kraftlosigkeit und Verzweiflung, als er mich einfach aus seinem Leben strich.
Endlose Leere heute.

Ich sehe den Wagen seiner Eltern in der Hofeinfahrt stehen, setze mein Auto an den Straßenrand und steige aus. Gehe den tausendmal gegangenen Weg über Asphalt und Kieselsteine, Pflaster umgeben von grüner Wiese und ordentlich gepflanzten Büschen und Blumen durch das Gartentürchen zum Haus. Kurz stehe ich da und atme tief durch, mit klopfendem Herzen und zitternden Händen.
Der wohlbekannte Ton der Türglocke dringt in mein Bewusstsein und ich nehme den Finger von dem kleinen Knopf unter dem weißen Namensschild. Sein Nachname, den ich annehmen wollte und verinnerlichen, der mich mit ihm verbunden hätte auf Ewigkeiten, und den ich trotz allem stolz getragen hätte und mit einem Lächeln.
Ich höre Schritte hinter der Tür und sehe Tims Mama durch die Glasscheibe auf mich zukommen.
Die Tür wird geöffnet und mit fragendem Blick sieht sie mich an, gemischt mit einem Funken Wehmut und Traurigkeit.
Ich nehme sie fest in den Arm, sage ihr, das ich Abschied nehmen will und muss, dass ich hier bin zum letzten Mal. Ich bitte sie noch einmal in Tims Wohnung im oberen Stock des Hauses zu dürfen, um mich zu verabschieden und alles noch einmal in mich aufzunehmen.
Sie nickt nur und macht mir mit einem Schritt zur Seite den Weg zu der Holztreppe ins Obergeschoss frei.
Stufe um Stufe gehe ich dem bekannten Geruch der Räume entgegen, den Erinnerungen und Gefühlen, die mich für immer mit diesen Räumen verbinden und auf ewig in meinem Gedächtnis wie auf Leinwand verewigt sind.
Ich öffne die Tür zu Tims Schlafzimmer, lasse meinen Blick über den großen Schrank gleiten, der lange Zeit seine Kleidung beherbergt hat, aber auch Einwegspritzen in großen Beuteln, Stoff und verschollene Löffel.

Sein Bett, in dem er unruhige Nächte verbracht hat, in dem wir gemeinsam eng umschlungen lagen, in dem ich aber auch einsam war neben ihm, als er dem Heroin wieder verfallen war.
Ich sage leise "Tschüss" und schließe die Tür.
Stille umgibt mich in der hellen Diele, die geöffnete Tür zum Badezimmer lädt mich auf einen Besuch ein, einen kurzen nur. Handtücher hängen sauber über dem Halter aus Edelstahl, die große Badewanne aus weißem Keramik lässt Gedanken an gemeinsame Abende mit flackerndem Kerzenschein in warmem Wasser in mir aufleuchten. Ich streiche über die blaugemusterten Fliesen, lasse meinen Blick zu Toilette und Waschbecken streifen, von denen ich Blutspritzer gewischt habe, damit auch seine Mutter nicht bemerkt, dass Tim wieder an der Nadel hängt. Irrelevant, grotesk diese Vorstellung. Sie hat es immer geahnt, kennt ihren Sohn besser als jeder andere Mensch auf dieser Welt. Besser als ich? Raus hier und weiter, es drückt auf meine Seele, dieses endgültige, dieses letzte Mal. Die Erinnerungen in meinem Kopf und die Gefühle, die in mir hochsteigen wie Sodbrennen.
Im Wohnzimmer setze ich mich auf die Couch, stütze die Ellenbogen auf meine Knie und lege mein Gesicht in die geöffneten Hände. Lautlos dringen die Tränen und die weggeschlossenen Gefühle an die Oberfläche und quillen still über. Meine leisen Schluchzer durchdringen die Stille des unbelebten Raumes und ich lasse ihnen freien Lauf. Abschied nehmen bedeutet Schmerz. Und Zulassen. Ich greife nach einem Päckchen Taschentücher auf dem Glastisch vor mir, auf dem noch ein paar von Tims Unterlagen liegen, fische mir ein weiches Papiertaschentuch aus der bläulichen Schutzfolie und trockne mein tränenfeuchtes Gesicht.
Aller Hoffnung beraubt erhebe ich mich von Tims Couch, die so lange Zeit auch meine war, die mich getragen hat, uns getragen hat bei gemeinsamen Fernsehabenden, eng umschlungen und aneinander geklammert mit einer Liebe im Herzen, die für andere unerklärbar war.
An der Wand gegenüber hängt ein geschwungener Spiegel, auf den ich jetzt zugehe. Aus meiner rechten Hosentasche ziehe ich einen Lippenstift, öffne leise klackend den Verschluss und male Worte auf die glatte Oberfläche des Spiegels:

ICH LIEBE DICH!
FOREVER!!

Meine Worte. Meine Schrift. Mein Abschied an Tim. Und das Versprechen, ihn niemals aus meinem Herzen zu reißen.
Mit einem dicken Kloß im Hals schließe ich die Kappe wieder auf den bordeauxfarbenen Lippenstift, stecke ihn in die Hosentasche und ziehe den einzelnen Schlüssel gleichzeitig aus der selbigen. Schweren Herzens lege ich ihn auf den Glastisch, so dass Tim ihn sehen kann wenn er zu Besuch nach Hause kommt. Das letzte Stück zu seinem Leben gebe ich aus der Hand, aber ich muss

das tun, denn Tim hat sich für einen Weg ohne mich und ohne eine gemeinsame Zukunft entschieden.
Ich verlasse Tims Wohnung bevor ich es mir noch einmal anders überlegen kann, verabschiede mich traurigen Herzens von seiner Mama, mit dem Versprechen, telefonischen Kontakt zu halten und steige in mein Auto, das mich nach Hause bringt, in eine Zukunft, die grau ist und leer und lieblos. Eine Zukunft ohne Tim.

34

"Das ist so eine tolle Idee gewesen Sanne, ich freu mich schon so doll echt!" Jessy sieht an der fahrenden Sanne vorbei aus dem Autofenster den draußen vorbeiziehenden Büschen und Bäumen zu. Ein unbeschwerter Tag liegt vor ihnen, ohne Druck und ohne Sorgen.
"Ach meine Süße, ich dacht mir halt das hast Du dringend mal nötig um abzuschalten, nur wir zwei mal wieder. Schwimmen, Lästern, eine Tasse Kaffee trinken" sprudelt Sanne über vor Vorfreude und Aktivismus.
Sie wirft ihrer Freundin einen grinsenden Seitenblick zu und greift nach ihrer Zigarettenschachtel, die sie in die Zwischenablage über dem Radiofach des Autos gebunkert hat.
"Nimm Dir ruhig auch" bietet Sanne mit der Zigarette im Mund an und streckt Jessy die rote Schachtel entgegen, die Jessy sofort ergreift, sich eine Kippe aus der Pappschachtel zupft und mit dem grünen Feuerzeug anzündet. Sofort muss sie an Tims Selbstgedrehte denken, schiebt den Gedanken jedoch mit einer wegwerfenden Handbewegung beiseite und zieht kräftig an ihrer Zigarette den Rauch in die Lungen.
Heute wird nicht an Tim gedacht, das war Sannes einzige Auflage für diesen vor ihnen liegenden Weibernachmittag in ihrer Stammtherme.
Und Jessy hat vor das auch einzuhalten, den Tag mit Fröhlichkeit und jeder Menge guter Laune und natürlich Sanne zu genießen, einmal nicht an Tim zu denken, der jetzt so weit entfernt von ihr gerade seine erste Therapiewoche hinter sich gebracht hat.
"Mein Gott Jessy, ich war ja letztes Wochenende im Nachtwerk und stell Dir vor, da hat mich doch glatt dieser ekelhafte Barkeeper an gegraben, mir Komplimente gemacht und nach meiner Telefonnummer gefragt. Dem hab ichs aber gegeben, als würd ich auf eingebildete, augenzwinkernde Idioten stehen!" Sanne lacht lauthals und befreit und auch Jessy lässt sich von ihrer Fröhlichkeit und ihrem Lachen anstecken und verschluckt sich dabei fast am Zigarettenrauch. Wie sehr sie Sanne darum beneidet, dass sie mit ihrem Leben

so zufrieden und glücklich ist und sich durch nichts herunter ziehen lässt. Sie macht das Beste aus jedem Tag und strahlt eine positive Energie aus, die sie selten bei einem Menschen erlebt hat. Und das schon, seit sie Sanne kennt.
Unsicherheit oder gar schüchtern sein, dumpf vor sich hinbrüten und den Kopf hängen lassen, das hat sie selten erlebt bei Sanne, die ihr manchmal so ganz anders erscheint als sie, Jessy, selber.
Und doch verbindet sie so vieles miteinander, aber an erster Stelle eine dicke, seit Jahren andauernde Freundschaft, die sämtliche Höhen und Tiefen überlebt hat.
Die beiden Freundinnen quatschen und kichern die letzte Strecke entlang und schließlich sucht Sanne sich mit flinken Bewegungen einen Parkplatz, der wie auf ihr Auto zugeschnitten scheint.
Es ist einer der kälteren Tage um diese Jahreszeit und genau aus diesem Grund hat Sanne Jessy den Besuch in der Therme vorgeschlagen. Auch um sie abzulenken von Tim, von ihrem Alltag, um loszulassen und einen Tag frei zu sein.
Jessy schlägt die Autotür mit einem Schwung zu und klemmt sich dabei den Jackenzipfel in die Türe, muss lachen über ihr ungeschicktes Verhalten und Sanne sieht sie mit hochgezogenen Augenbrauen strafend an: "Schlag doch die Tür nicht immer so zu, das ist ein Auto, mit dem muss man liebevoll umgehen!"
"Ach Sanne, Du weißt doch wie ich bin, ich glaub ich werde da nie das richtige Feingefühl entwickeln, ich hab immer Angst dass mit weniger Energie die Türe nicht richtig schließt!"
Jessy sieht Sanne verlegen an und bringt ihre Freundin damit wieder einmal zum Lachen.
"Jetzt siehst Du aus wie ein junger Hund, der was angestellt hat" prustet Sanne laut los und hält sich am Dach des schwarzen Kleinwagens fest um sich nicht vor Lachen zu biegen. "Du bist mir so eine!"
Jessy sieht auf ihre schwarzbeschuhte Fußspitze und greift nach ihrer Tasche, die Lippen spielerisch zu einem Schmollmund verzogen.
"Ich bin halt noch klein, weißt Du!" und bei diesem Satz kann auch sie sich nicht mehr verstellen und fängt laut an zu kichern.
Klein und naiv und viel zu laut, aber so ist sie eben, Jessy.

Um sie herum schwimmen alle verschiedenen Arten von Menschen, alte und junge, dicke und dünne, und Jessy und Sanne mittendrin im fast körperwarmen Nass. Der Geruch des gechlorten Wassers und die Atmosphäre im Bad lassen Jessy ruhig werden und entspannen, sie dreht sich auf den Rücken und lässt sich mit geschlossenen Augen vom Wasser tragen. Einen kurzen Moment erschrickt sie, als Sanne sie am Arm packt und ein Stück zu sich herüber zieht.
"Lass uns nach draußen schwimmen, ich find das so geil, wenn die Luft den Kopf so schön kühlt und der Körper im warmen Wasser steckt, oder!"

Also machen sie sich schwimmend auf den Weg durch einen kleinen Tunnel in den Außenbereich der Therme, wo Liegeflächen am Rande des Beckens im Wasser zum Ausruhen einladen und mit zeitlich gesetzten Sprudeln Sauerstoff blubbernd um die Körper verteilen. Jessy muss schlucken, als sie die vielen eng umschlungenen Pärchen sieht, die sich dort kuschelnd ausruhen oder zusammen am Beckenrand im Wasser stehen und sich teilweise knutschend in den Armen liegen.
Sie vermisst Tim so schrecklich in dem Augenblick, dass es ihr schier das Herz zerreißt. Auch Sannes Anwesenheit, ihr fröhliches und aufmunterndes Geplapper sowie Jessys Versprechen heute nicht an Tim zu denken, können an diesem Punkt nichts daran ändern, dass Jessy voll Traurigkeit die Paare beobachtet und sich einfach nur furchtbar alleine und verlassen fühlt.
Jessy hätte sich nie vorstellen können für einen Menschen so viel zu empfinden, dass sein Fehlen sie nur noch halb sein lässt, so unfähig an etwas anderes zu denken als an ihn. Und doch steht sie da und ihr wird bewusst, dass sie ohne Tim jede tiefe Lebensfreude verloren hat und nur im Zusammensein mit ihm ihr Leben als Ganzes führen kann.
Jessy schüttelt die Gedanken in sich mit einer Bewegung ab und greift nach Sannes Arm.
"Lass uns doch in das Dampfbad drinnen gehen Sanne, ich ertrag das jetzt gerade nicht so wirklich hier mit den ganzen Paaren!"
"Ach Jessy du wieder, echt, ich weiß gar nicht was daran so schlimm ist, wenn Tim jetzt ein paar Monate nicht da ist. Du steigerst dich da so rein, ich an deiner Stelle wäre froh, wenn ich mal meine Ruhe hätte von dem ganzen Stress den du erlebt hast mit ihm. Du kannst jetzt machen was Du magst, er ist sicher in der Therapie und du kannst endlich wieder Leben ohne ständig Angst haben zu müssen, dass er wieder was nimmt!"
"Sanne Du verstehst das nicht, du kannst das nicht verstehen wie sich das anfühlt, du hast das nicht erlebt! Und du bist ein ganz anderer Mensch als ich, mir geht das nahe, er fehlt mir eben so sehr jeden Tag und jede Sekunde!"
"Na klar fehlt er Dir, aber du übertreibst da echt meiner Meinung nach!" Sanne schiebt sich leicht angesäuert an Jessy vorbei durch das Wasser.
Nein, Sanne kann das nicht verstehen und auch nicht andere Menschen, die noch nie mit einem Suchtkranken zusammen waren.
Die noch nie im Leben so geliebt haben wie Jessy.
Aber sie macht Sanne keinen Vorwurf daraus. Wie soll sie es verstehen, wenn sie es nicht kennt?!
Verständnis dafür findet Jessy in einem Internetforum, das sie vor zwei Wochen gefunden hat. Dort sind lauter Angehörige Suchtkranker, Mütter, Partner und Kinder von Abhängigen angemeldet, schreiben sich ihren Schmerz und ihre Erfahrungen von der Seele. Und finden Verständnis und Gleichgesinnte. So viele Geschichten von Partnerinnen dort gleichen sich auf den Punkt, gleichen sich in

der Stimmung, in der unendlichen Liebe und im schier wahnhaften Hoffen auf eine Zukunft ohne Drogen.
Sannes Stimme ruft Jessy aus ihren Gedanken in die reale Welt zurück und sie schwimmt auf die Innenanlage des überdachten Bades zu, taucht ein in die warme, hallende und entspannte Atmosphäre der Glaskuppel über ihr. Sie hört lachen um sich, Menschen die sie nicht kennt und die alle ihre eigene Geschichte erleben.
Langsam steigt sie aus dem Wasser in die warme Luft und läuft Sanne über den gefliesten Steinboden folgend in Richtung des Dampfbades hinterher, das sicher mit dem Dampf nicht nur Hautunreinheiten sondern auch ihre Gedanken und Gefühle für einen kurzen Moment lösen wird.

35

Ein klein wenig aufgeregt lege ich mir mein fliederfarbenes Dirndl auf dem Bett zurecht, suche in Schubladen nach meinen passenden Accessoires, die ich immer dazu trage und die farblich perfekt abgestimmt sind. Ich bin noch müde an diesem Morgen und kann mein immer wieder aufkommendes Gähnen nicht unterdrücken.
Kurz lasse ich das Gefundene neben dem Trachtenstück auf meinem Bett liegen, tappe zur mittlerweile aufgeheizten Padkaffeemaschine, die mir brummend die bunte, große Kaffeetasse füllt.
Ich freue mich ein klein wenig auf den beginnenden Tag, soweit ich mich in meinem Gemütszustand freuen kann, denn immer noch empfinde ich alles gedämpft, schraube meine Sehnsüchte und Ängste, meine Hoffnungen und alle anderen Gefühle ganz weit nach unten, um mir nicht täglich immer wieder aufs Neue selber weh zu tun.
Ein Tag voll guter Laune, guter Stimmung, Heiterkeit, Bierlaune und Festzeltmusik auf der Wiesn liegt vor mir, eine lange Zugfahrt mit mehreren Umsteigemöglichkeiten, und vor allem Zeit mit Sanne und ihrem Freund, mit dem sie seit ein paar Wochen glücklich zusammen ist.
Ich gönne ihr ihr Glück, doch gleichzeitig macht es mich auch traurig sie so happy mit ihm zu sehen und selber mein Glück nicht leben zu dürfen.
Ich seufze in der morgendlichen Stille der Wohnung, knipse das Licht im Wohnzimmer an um der Dunkelheit der frühen Stunde und ihren Schatten Helligkeit zu geben, und setze mich mit meiner Tasse Kaffee auf die Couch, schlürfe langsam das Lebensgeister erweckende Getränk und zünde mir eine Zigarette an.

Ein paar Minuten habe ich noch die Stille um mich zu genießen und für mich alleine zu sein, bevor meine Sanne kommt und wir uns zusammen für diesen Tag fertig machen, wie jedes Jahr.

Der Zug ist völlig überfüllt wie immer, wenn die Wiesn in vollem Gange ist, schon morgens um halb sechs drängen sich grölende und zum Teil schon gut angetrunkene Menschen in den Zügen, einen Sitzplatz zu ergattern ist beinahe unmöglich. Auch in meinem Kopf dreht es sich schon ein klein wenig von der Flasche Bier, die Sanne wie immer als Proviant für die Fahrt mitgebracht hat. Ich laufe aufgrund der Zugfahrt schwankend hinter Sanne durch jedes Abteil, einerseits vorfreudig auf den kommenden Tag, andererseits ein klein wenig angenervt von den Betrunkenen Mitfahrern, deren Kontaktfreudigkeit von leichtem Grinsen bis zu einem leichten Klaps auf den Po der vorbeilaufenden und in unterschiedlichen Dirndln steckenden Mädchen reicht. Schließlich bleiben wir in einem Gang zwischen zwei Waggons stehen, in dem nicht gar so viele Leute sich aufhalten wie in den völlig überfüllten Wägen. Ich höre meiner Freundin mit einem Ohr zu, versuche ihr zu folgen, wenn sie erzählt oder mit mir lacht, stimme mich auf den Tag ein und bin doch mit meinen Gedanken immer wieder bei Tim. Heut werde ich ihm näher sein als an allen anderen Tagen, denn ich weiß, dass sein Therapieort nur eine dreiviertelte Stunde U-Bahnfahrt von der Stadt entfernt liegt, auf die wir uns Meter für Meter zubewegen.

Ich krame in den Taschen meines Trachtenrockes nach meinem Handy um nach der Uhrzeit zu sehen, abzuschätzen wann wir uns das nächste Mal für den Umstieg in eine andere Bahn bereit machen müssen. Im Display wird mir angezeigt, dass ich eine neue Nachricht erhalten habe und mein Herzschlag setzt einen kurzen Moment aus um dann mit doppelter Geschwindigkeit weiter zu schlagen, als ich beim Öffnen feststelle, dass sie von Tim ist.

"Jessy, wie geht es Dir? Ich kann nicht aufhören an Dich zu denken! Tim"

Ich stupse Sanne an, halte ihr mit bebenden Händen das Handy unter die Nase und kann nicht mehr klar denken. Mein Puls hämmert in den Schläfen und übertönt für mich sogar den Lärm des fahrenden Zuges um mich, nichts nehme ich mehr wahr als den glücklichen Schock, dass Tim an mich denkt.

"Nun, ich lebe, vermisse Dich sehr, jeden Tag. Es ist schwer, aber es muss gehen. Warum musst Du an mich denken?"

Ich drücke auf den Senden-Button und das mulmige und aufgeregte Bauchkribbeln in mir wird immer stärker, schwillt an und macht meinen Kopf leer, gedankenlos. Was soll ich fühlen, was soll ich denken, warum meldet er sich jetzt?

Sanne merkt meine Nervosität, weiß was da gerade in mir abläuft und versucht mich mit witzigen Anekdoten vom letzten gemeinsamen Wiesn-Ausflug abzulenken.

Das Vibrieren des Handys in meiner Hand kündigt erneut das Eintreffen einer Sms an und ich muss mich zusammenreißen, damit mir nicht meine Beine vor Aufregung einknicken.
"Ich bin zuhause und habe Deine Botschaft auf meinem Spiegel gesehen. Es hat mich umgeworfen, Jessy, ich liebe Dich! Wo bist Du, können wir uns treffen?"
Tiefe Verzweiflung macht sich in mir breit, dass ich auf dem Weg zur Wiesn bin und er in unserem Heimatort, dass wir uns wieder voneinander entfernen, dieses Mal nur entgegengesetzt.
"Bin auf dem Weg zur Wiesn. Wann fährst Du zurück nach Fürstenhof?"
Seine Antwort lässt nicht lange auf sich warten und schürt meine Hoffnung, meine Aufregung und mein Verlangen nach Tim.
"Wollte eigentlich erst morgen zurück fahren, aber setze mich nach dem Kaffee mit meinen Eltern zurück in den Zug. Melde mich bei Dir wann wir uns treffen. Muss Dich sehen!"
Ich schäume über, kann es nicht glauben, nicht fassen, dass er mich sehen will, dass er vielleicht begriffen hat, dass es ohne mich kein Leben für ihn gibt! Überschwänglich nehme ich Sanne in meine Arme und Freudentränen laufen mir über die Wangen. Ich kann nicht glauben, dass dieser Tag ein glückliches Ende nehmen wird, zweifle noch an mir und ihm, aber die Hoffnung ist auf einen Schlag wieder in mir, groß und alles übertönend an Zweifeln und Ängsten, beunruhigend präsent auf ihre eigene, immer wieder kehrende Art und Weise. Freude. Glück. Tim.

Wie ich die Zeit im Zug, vom Bahnhof zur Festwiese und im Festzelt überstanden habe weiß ich nicht mehr. Hin und her gerissen zwischen Freude und dem erlebten Schmerz, der aufkommenden Angst, dass Tim es sich doch noch anders überlegen könnte, und dem Warten auf seine Nachricht angekommen zu sein, hielt ich mich an meiner Maß Bier fest, sah Sanne und ihrem Freund beim glücklichen Schunkeln und Feiern zu, trug eine Unruhe in mir, die nichts auf der Welt mir nehmen konnte.
Die Sms uns in einer Stunde an einer bekannten Brücke einer U-Bahnhaltestelle zu treffen machte mich noch nervöser, als ich es ohnehin schon war. Und die Stunde zog sich wie Tage in die Länge, brachte mir nur noch mehr Ungeduld. Schließlich brachen wir auf, Sanne, ihr Freund und ich, die mich begleiteten auf dem Weg zu meinem größten Schatz, den ich endlich wieder sehen würde. Nun stehen wir auf dieser riesigen Brücke, auf der sich tausende von Menschen befinden. Die laue Luft um mich und die vielen Menschen, in denen ich das mir so vertraute Gesicht Tims nicht entdecken kann nehmen mir die Luft zum Atmen, meine Hände sind schweißnass vor Aufregung und innerer Anspannung und ich sehe mich hektisch um, immer und immer wieder. Ich laufe nach links und

strenge meine Augen an um Tim zu sehen, wie lieber Gott kann ich ihn in diesen Menschenmassen entdecken. Ich sehe Sanne und ihren Schatz am Geländer stehen, umgeben vom Lärm grölender Menschen, sehe sie stehen und Sannes bangenden Gesichtsausdruck, wende mich von einer Seite zur anderen, werde verzweifelt immer schneller auf meiner Suche nach Tim.
Mein Herz rast, lange nicht mehr war ich so voll hoffender Verzweiflung wie in diesem Moment. Jedes Gesicht in meiner Nähe taste ich ab, sehe laufenden Menschen zu in der Hoffnung Tims Art zu gehen darin zu entdecken. Meine innere Anspannung ist so groß, meine Augen aufgerissen, die Sinne geschärft bis aufs Letzte und ich stehe und gehe und werfe meine Arme verzweifelt in die Höhe. Ich kann nicht mehr warten, weiß nicht wohin mit mir selber.
Plötzlich höre ich Sanne rufen: "Da ist Tim!" und ich schreie "wo?" und folge mit meinen Augen ihrem ausgestreckten Arm nach rechts, sehe wie sich 20 Meter von mir entfernt aus der Menschenmenge eine Gestalt löst, Tim, ich erkenne das mir so vertraute Gesicht, die Anspannung die auch ihn prägt, ich fange an zu laufen als gäbe es kein Morgen und falle in Tims ausgebreitete Arme an seine Brust, klammere mich an ihm fest und empfinde das schmerzlich süße Gewicht der Anspannung von mir abfallen. Ich weine und mein Körper wird geschüttelt von Schluchzern, nehme nichts um mich herum wahr, lasse mich von Tims Händen umschlingen und von seinem Duft tragen, spüre mein Zittern, das nicht mehr aufhört und habe keine Kontrolle mehr über meinen Körper. Tim hält mich und lässt mich nicht los. Alles um mich herum ist mir egal, ganz egal was Sanne macht, ganz egal was die Leute denken. Spüre nur das hier und jetzt, meinen vertrauten und doch so fremd gewordenen Tim, die lauwarme Abendluft die uns umgibt, mit jedem Atemzug eindringt in meine Lungenflügel und sie füllt, mit Leben füllt.
Wie nur konnte ich je nur ohne Tim leben, er, der mich erfüllt und mir meine Energie zurückgibt, bei dem ich Zuhause bin, egal was passiert ist.
Ich verliere jegliches Zeit- und Raumgefühl, aber das ist mir egal, denn ich liege in Tims Armen und das ist mehr, als ich zu träumen gewagt habe. Immer noch ist er meine Erlösung, und die Liebe, die ich für ihn empfinde trägt mich fort, gräbt sich in meine Seele, in meinen Körper, meinen Kopf und meinen Bauch. Ich spüre diese Liebe mit jeder Faser, jeder Stelle meines Körpers, in den Zehenspitzen und bis in die Wurzeln meiner Finger und meiner Haare. So warm und erfüllend und alles durchflutend ist diese Liebe, dass ich nicht wage sie mit irgendetwas anderem auf der Welt zu vergleichen als mit der Erfüllung aller irdischen Träume auf einmal.

02.10.

Es ist einfach schön!
Tim ist wieder in meinem Leben, nimmt sein Leben und seine Zukunft wieder in die Hand, kümmert sich um Arbeit und die übrigen Sachen, genauso wie es sein soll!
Er ist sauber, kein trübendes Gift in seinem Körper, und das ist einfach nur ein Traum ihn so zu erleben! Jeden Tag aufs Neue!
Ich hoffe er bleibt auf diesem Weg.
Gleich nach dem Ende der Therapie hat er dort in Fürstenhof alle Zelte abgebrochen und ist wieder hierher zurückgekommen, wohnt teils in seiner, teils in meiner Wohnung.
Es ist so wunderschön, wenn er bei mir ist, ihn zu riechen, zu fühlen und zu schmecken, seine Stimme zu hören!
Nur merke ich, dass ich mir noch sehr schwer tue alle Gefühle für ihn ganz zuzulassen. Bin immer noch gedämpft, hab eine dicke Mauer gebaut in der Zeit als er nicht in meinem Leben war, die sehr stark bröckelt.
Ich möchte sie einreißen, möchte wieder mit aller Intensität fühlen, aber ich habe Angst.
Angst ihn wieder zu verlieren. Angst wieder verletzt zu werden und in eins dieser tiefen Löcher zu fallen, in die ich nie, nie wieder kommen möchte!
Ich glaube nicht, dass Tim das ganze Ausmaß meiner seelischen Schmerzen bewusst ist, die ich in letzter Zeit erlitten habe, bevor ich angefangen habe für MEIN Leben zu kämpfen.
Ich glaube nicht, dass es ihm bewusst ist was für einen Kampf ich immer noch in mir führe, gegen die Angst erneut vor den Kopf gestoßen und verletzt zu werden, wieder so tief zu fallen, und für die Hoffnung und die Zukunft mit ihm, für Sicherheit in meinem Leben, die ich so dringend benötige um wieder voll und ganz fühlen zu können.
Und ich will es ihm auch nicht bewusst machen, weil ich nicht will, dass er sich so sehr dafür schämt und sich dann wieder zurückzieht.
Manchmal ist es sowieso schon schwer genug ihm klar zu machen, dass ich in der Zeit der Trennung kein Auge und keinen Nerv für andere Männer hatte.
Denn er zweifelt, hat wieder Kopfkino, weiß nicht was ich in der Zeit als "Single" angestellt habe, ob ich einen Mann in meinem Leben hatte.
Es ist so verdammt schwer ihn davon zu überzeugen, dass ich wegen ihm so gelitten habe, dass ich nicht einmal auf den Gedanken gekommen bin überhaupt an andere Männer zu denken.
Aber damit muss er selber fertig werden, mit den Bildern in seinem Kopf, denn er hat sich das selbst herbeigeführt und mich trifft keine Schuld, das muss ich mir immer wieder sagen!
Und weiß ich, ob er mit anderen Frauen im Bett war? Ob er andere Frauen geküsst hat, sich ausgelebt hat?

Getroffen hat er sich ja noch während der Beziehung, das weiß ich. Aber war da mehr?
Ach, ich darf nicht darüber nachdenken, sonst brennt die Eifersucht wie Feuer. Aber auch damit muss ich alleine fertig werden, denn das ist nur in meinem Kopf!
Ab und an überwältigt mich die ganze Erleichterung, der Schmerz und die Verzweiflung, wenn er bei mir ist, dass ich nicht anders kann als zu weinen, ihm zu zeigen wie sehr mich das alles gequält hat. Es tut mir dann sehr leid, dass er das alles fühlen muss, aber ich weiß auch, dass ich es raus lassen muss, damit ich nicht daran kaputt gehe und wieder irgendwann in vollem Ausmaß fühlen kann.
Freude, Glück, Liebe, Trauer, egal... denn da ist Tim für mich!

*

Ich hetze von meinem neuen Festangestelltenjob, den ich seit ein paar Tagen habe, zu meinem Auto, das auf dem großen Parkplatz einer Supermarktkette zwei Ortschaften von meinem Heimatdorf entfernt liegt. Fünf Stunden Kasse und Regale auffüllen, mich um nörgelige Kunden kümmern und immer freundlich lächeln, mit dem Druck der Kosmetiktermine im Rücken, die ich direkt nach meinem Teilzeitjob noch zusätzlich wahr nehmen muss um Geld in meine Kasse zu bekommen.
Ich tanze auf zwei Hochzeiten um meine Kinder ernähren zu können. Inflation und Geldnot zwingen die Menschen an der Stelle zu sparen, die mir bisher meinen Lebensunterhalt gesichert hat: An ihrer Schönheit.
Und so teile ich mir den Alltag auf zwei Jobs auf, hetze hin und her und erledige zuhause den Alltag, fahre meine Kinder an freien Nachmittag zu Sport und Musik, versuche alles bestmöglich unter einen Hut zu bekommen. Ein Kraftakt, aber zu schaffen!
Heute Morgen habe ich Tim zu seinem neuen Praktikumsplatz gefahren, schwer für ihn ohne Führerschein in Ortschaften zu kommen, die mit dem Zug gar nicht, mit Bus nur schwer zu erreichen sind. Trotz meinem Stress, den ich jeden Tag habe und der mich Abends tot müde auf die Couch fallen lässt, mache ich das gerne, denn die Hoffnung, das Tim nach seinem unbezahlten Praktikum in dem kleinen Betrieb eine feste Stelle bekommt, ist groß. Und es tut ihm so gut zu arbeiten, endlich wieder seinen Tag sinnvoll gestalten zu können!
Tims Gesicht schießt mir in den Kopf, dieses schöne, liebevolle und geliebte Gesicht, das die letzten Wochen immer wieder so traurig und verzweifelt

ausgesehen hat, weil er trotz intensiver Bemühungen keinerlei Job in Aussicht hatte und sich wertlos und unnütz fühlte. Die Spirale aus Arbeitslosigkeit, Hilflosigkeit und schlechten Gedanken hatte ihn zurückgezogen und die anfängliche Euphorie zunichte gemacht, mit der er aus der Therapie hier bei mir ankam.
Er konnte sich zu nichts aufraffen, seine anfängliche Sportbegeisterung lies nach, er schlief wieder lange, nur um dann vom Bett auf meine Couch zu wechseln, auf der er träge weiter den Tag verbrachte bis ich mit meinen Pflichten fertig war und Zeit mit ihm verbringen konnte. Er bemühte sich seinen Teil der Hausarbeit zu machen während ich mich um meine Arbeit und meine Kinder kümmerte, aber ihm fehlte so oft jeder Elan, jede Kraft und jede Hoffnung, so dass ich oft diesen Teil seiner Aufgaben noch zusätzlich miterledigte. Was da alles liegen blieb, brauche ich nicht zu erklären.
Ich streiche mit meiner Hand über das glatte, schwarze Leder des Lenkrads, sehe in den Innenspiegel ob mein Makeup noch an Ort und Stelle sitzt und atme tief durch. Bereite mich für den zweiten Teil meiner Arbeit vor und schlüpfe in die Rolle der freundlichen und zuvorkommenden Kosmetikerin, die ich jetzt die nächsten Stunden sein werde. Bis ich nach Hause kommen kann, zu meinen Kindern, zu meinem Tim.
Es ist sehr schwer und anstrengend für mich, zwei Jobs unter einen Hut zu bekommen und ich sehe Tim zurzeit nur selten. Aber das ist der Alltag, der uns jetzt eingeholt hat und mit dem wir lernen müssen umzugehen.
Ich starte mein blaues Auto und setze rückwärts aus der Parklücke, winke beim Durchfahren des Parkplatz einigen Kunden mit aufgesetztem Lächeln zu und biege auf die Hauptverkehrsstraße ein, die durch den Kern des Ortes führt. Ein paar Kilometer nur und ich bin in meinem zweiten Zuhause, in meinem Kosmetikstudio, in dem sicher schon die Kundin mit einer Tasse Kaffee vorne an der Theke auf meine Ankunft und ihren Behandlungstermin wartet.
Er ist schon seltsam, dieser Spagat im Alltag, die Spanne der Extreme, die mich begleitet von morgens bis abends, von Tag zu Tag und von Woche zu Woche. Ruhe, Entspannung und Wohlfühlen vermittle ich meinen Kundinnen mit ruhiger Hand, wenn ich über ihre Gesichter streiche und massiere, Peelings und Masken verarbeite und in sanfter Atmosphäre einen Traum schaffe, in dem sie ihren Alltagssorgen entfliehen können.
Und dann die andere Seite meines Lebens, bestimmt von Höhen und Tiefen, von ungeahnten Gefühlen, Ängsten und von Stress. Hetzen von einem zum anderen Termin, von einem Job zum anderen, zwischendurch die Kinder betreuen und nicht zu kurz kommen lassen, den Haushalt einigermaßen sauber und in Ordnung halten und da sein für Tim, unterstützend und liebevoll zur Seite stehend, ihn immer wieder aufbauen wenn Selbstzweifel ihn in die Tiefe ziehen. Auf der anderen Seite ist es auch einfach nur wunderschön mit ihm, jeden Tag kann ich mich mittlerweile mehr öffnen, genieße jede Sekunde die wir uns sehen

und nah sein können. Ich habe von Anfang an gewusst, dass er die Liebe meines Lebens ist!
Und an dieser Tatsache hat sich nie, niemals etwas geändert und wird sich auch nie etwas ändern. Ich weiß, dass ich noch viel Zeit brauche, damit alle meine Wunden heilen können. Ich habe mich sehr verändert, gehe trotz allen Belastungen sorgsamer mit mir um. In vielen Situationen reagiere ich ganz anders als früher, bin ruhiger, mache mir über viele Sachen auch gar keine Gedanken mehr.
Und das fühlt sich gut an, mir geht es im Moment so besser.
Aber ich glaube dennoch zu spüren, dass Tim mit meinen veränderten Reaktionen oft nichts anfangen kann, sich vielleicht auch fragt ob ich das jetzt mit Hintergedanken oder einem Ziel im Kopf so und so mache oder weil es meine veränderte Einstellung ist. In meinem Kopf hat sich viel gedreht, es IST meine Einstellung wie ich reagiere oder handle, ich denke nicht viel darüber nach, versuche das Leben leichter zu nehmen und es mir nicht mit trüben Gedanken oder allzu vielen Ängsten schwerer zu machen. Ich bin rationaler geworden, ein kleines Stück, Selbstschutz, Sicherheit, das ist es was ich in meinem Inneren verändert habe und woran ich tagtäglich festhalte.
Ich glaube, deswegen geht es mir gut. Und deswegen kann ich verzeihen, kann Liebe wieder Stück für Stück zulassen, kann Tim genießen wenn ich ihn sehe, ohne die Vergangenheit zu viel Platz einnehmen zu lassen.
Wir beginnen unsere Beziehung neu, teilweise viel intensiver als vorher, offener. Es ist schön, einfach sagen zu können was man denkt oder fühlt, ohne Unterton, ohne Erwartungen in den anderen, ohne Vorwürfe zu machen.
Nein, ich möchte nicht verletzen oder heimzahlen, das weiß ich, ich möchte unser gemeinsames Leben genießen!
Das einzige, was ich will ist, dass ihm bewusst ist, was er an mir hat, was er an mir liebt!
Ebenso wie mir das bewusst ist, jede Sekunde eines Tages, an der Kasse, an meiner Spülmaschine, während einer Kundenbehandlung oder beim Badputzen!
Ich liebe Tim seiner selbst willen, weil er stärker geworden ist, aber sensibel geblieben.
Weil er mir in allem ein gutes Gefühl gibt, zärtlich und zugleich stürmisch ist.
Weil er in jeder Situation richtig mit mir umgeht und für mich da ist, soweit er das kann.
Ich lächle als mir das alles durch den Kopf geht und fahre mit leichterem und beschwingterem Gefühl auf den Parkplatz meines Studios, auf dem schon das Auto der Kundin steht, die auf mich wartet. Das Leben ist schön!

03.12.

Tim ist jetzt ganz hier.
Es ist ein schönes Gefühl zu wissen, dass wir hier bei mir zusammen zuhause sind!
Von der Arbeit nach Hause zukommen und er ist hier.
Arbeit hat er nach dem Praktikum leider noch keine in Sicht, das belastet uns beide schon irgendwie, obwohl es für mich noch nicht so schlimm ist, ich weiß nur nicht wie er es empfindet, denn er hat sich wieder mehr in sich zurück gezogen und redet nicht viel darüber.
Er bemüht sich sehr soweit er kann, hilft im Haushalt, erledigt was gemacht werden muss.
Mittlerweile geht er wieder öfter ins Fitness, ins Fußballtraining.
Manchmal bin ich schon neidisch, mir bleibt für solche Aktivitäten im Moment keine Zeit. 2x Arbeiten, ein Teil der Hausarbeit, das ist normal.
Und dann hab ich wieder das Gefühl, er zieht sich körperlich zurück, kuscheln zwar auf der Couch, aber - keine Ahnung wie ich das beschreiben soll - so richtig auf mich eingehen, seine Aufmerksamkeit ganz mir schenken, mit mir knutschen, die Nähe richtig auskosten, das macht er nicht.
Und ich hab nicht das Gefühl, dass er es im Moment will.
Er scheint manchmal so oberflächlich.
Und eigentlich macht unsere Beziehung eine Tiefe aus, es ist schwer zu beschreiben. Komm mir manchmal vor wie ein altes Ehepaar, kuscheln selbstverständlich, aber das Wollen, das richtig den anderen wollen, begehren, fühlen, das fehlt mir im Moment so bei ihm. Fehlt mir sehr. Ich nehm immer Anlauf, werde liebevoll weggestoßen und geb es dann auf.
Es ist wunderschön so zwischen uns, vielleicht bin ich einfach zu versteift, will zu viel?
Vielleicht belastet ihn die Situation mehr als er zugibt? Ich weiß es nicht. Weiß nur, dass ich dann echt immer so verdammte Angst habe, ihn wieder zu verlieren. Dass er dann "wieder geht"! Weil ich nicht genau weiß, warum er unsere Beziehung schon einmal aufgegeben hat.
War ich ihm zu viel?
Lag es an einer anderen?
Wollte er die Freiheit zu flirten mit wem er will?
Lag es an der Therapie?
An mir?
Ich weiß es nicht und ich werde ihn auch niemals fragen. Aber ich hab eben einfach solche Angst.
Dass ihm dieses Leben mit mir nicht genügt, dass er mehr will, dass die Droge irgendwann doch siegt. Bzw. das Verlangen danach.

Hab manchmal extrem Schwierigkeiten los zu lassen. Schwierigkeiten damit, dass er ohne mich Spaß hat- Dass er vielleicht ohne mich mehr Spaß hat und mich dann irgendwann nicht mehr will.
Wenn ich das aufschreibe komme ich mir total lächerlich vor.
Manchmal träume ich, weiß nicht mehr was, aber ich weiß, dass er darin vorkommt, dass er mich im Traum auslacht, verlässt, verhöhnt.
Dass ich verzweifelt bin und ihn anflehe zu bleiben, nicht alles aufzugeben. Blöd, ich weiß.
Ich liebe ihn, er gibt mir irgendwo so viel Kraft für mein Leben. Und je mehr ich meine Gefühle rauslasse, desto mehr habe ich das Gefühl, er zieht sich von mir zurück. Kann aber auch aufgrund der Situation mit seiner Arbeitslosigkeit sein. Muss ja nicht an mir liegen. Hab trotzdem manchmal so wahnsinnig viel Angst.

*

Ich hätte es wissen müssen, merken müssen an seinem Verhalten die letzte Zeit, verdammte Scheiße!
Natürlich hat er wieder zugegriffen, die Spirale sich immer weiter zugedreht bis er nicht mehr nein sagen konnte.
Aber ein Rückfall gehört zum "Gesundwerden" dazu, sagt Tim, sagen die Therapeuten, sagt sogar sein Drogenberater.
Ich sitze neben Tim auf einem wackligen, alten Holzstuhl, links neben mir steht ein abgenützter Metalltisch mit Flyern und Unterlagen über alle Arten von Drogensucht. Meine Hände liegen staubtrocken und nicht zu mir gehörend neben mir auf den Armlehnen links und rechts des Stuhles, ich fühle das abgegriffene Holz unter meinen Fingern, das über die Jahre von Süchtigen, Angehörigen oder auch Therapeuten berührt wurde.
Udo sitzt uns gegenüber hinter seinem Schreibtisch und sucht nach etwas in seinem PC. Tims Suchtberater in der Drogenstelle, jung, dynamisch, etwas chaotisch wirkend und mit einem Ring an seinem Finger. Udo kennt sich aus, arbeitet seit Jahren mit Suchtkranken, es ist sein Job sich all das anzuhören, was eine Drogensucht mit sich bringt.
Und doch war er geschockt, als Tim ihm sofort nach der Begrüßung von seinem Rückfall erzählt hat, hat mich immer wieder beobachtend und mitfühlend angesehen, kennt Tims Geschichte seit Jahren, seinen guten familiären Hintergrund, die Freundin aus gutem Hause, die ihn unterstützt, ihm einen

Rahmen gibt, den Kampf um die Therapie in dem er Tim jederzeit unterstützt hat, alles was danach passiert ist.

Mein Blick schweift an Tim vorbei aus dem Fenster des dritten Stockes eines Altbauhauses. Ich sehe die Dächer der gegenüberliegenden Häuser und wünsche mich an einen andern Ort, an dem ich einmal für lange Zeit glücklich sein darf, ohne dass mir irgendwas dieses Glück wieder von heute auf morgen nimmt.

Tief grummelnd versucht sich Traurigkeit und Enttäuschung in mir breit zu machen, kämpft sich seinen Weg nach oben, aber ich schiebe sie schnell wieder zurück und atme durch. Setze mich aufrecht hin und schlage meine Beine übereinander. Tim greift nach meiner kalten Hand und sieht mich mitleidig und verständnisvoll an. "Ich liebe Dich" flüstern seine Lippen lautlos und ich erwidere diese Worte.

Als Udo seine Aufmerksamkeit weg vom Bildschirm wieder auf Tim lenkt, fängt dieser an zu erzählen. Dass er öfter in die Stadt musste um zur Bank zu fahren, immer einen großen Bogen um die Dealer und Junkies am Bahnhof gemacht hat. Schnell wieder zurück in den Zug gestiegen ist nach seinen Besorgungen.

Dass er down war in letzter Zeit, sich zu nichts aufraffen konnte, sich nutzlos und zu nichts zu gebrauchen gefühlt hat, weil er trotz seiner Bemühungen und hunderter Bewerbungen keine Zusage auf einen Job bekommen hat. Und dass dieser eine Tag kam, an dem er nach dem Bankbesuch einem alten Freund über den Weg gelaufen ist. Ein Freund, der nichts mit Drogen zu tun hatte, noch nie zuvor in seinem Leben, und bei dem er sich traute stehen zu bleiben, sich auf eine Bank zu setzen und mit ihm zu reden. Er wollte wirklich gleich nach dem Gespräch zum Zug zurück, das wollte er wirklich, betont Tim immer wieder. Und dann kam diese Frau, die er nicht kannte, und alle um ihn herum stoben auf sie zu und rannten ihr hektisch hinterher um die Ecke des nächsten Gebäudes. Sie hat Stoff, das war Tim sofort klar. Und auch da wollte er aufstehen und sich verabschieden, wollte gehen und nicht in eine Situation kommen, die er nicht mehr unter Kontrolle hat. Und er weiß nicht warum er nicht gegangen ist, sagt Tim und sieht verschämt und bestürzt zu Boden.

Es ist schwer für mich das alles zu hören. Ich sitze in der Drogenberatungsstelle, neben mir Tim, ich weiß, dass er einen Rückfall hatte, dass er darüber reden muss, aber die ausführlichen und ehrlichen Worte lassen mich schlucken und einen dicken Kloß in meinem Magen bilden. Irgendwo in mir fängt Übelkeit an sich breit zu machen, aber das darf ich nicht zulassen, muss Tim die Chance geben seinen Fehler zu sehen und an ihm zu arbeiten. Das sagt auch Udo. Ein Rückfall ist normal und gehört dazu.

Tim greift nach dem Glas Wasser, das ihm Udo ganz zu Anfang der Sitzung angeboten hat, und trinkt in langsamen Schlucken davon. Als er es zurück auf den Tisch stellt holt er tief Luft und die Worte sprudeln richtig aus ihm heraus. Die Frau kam wieder, setzte sich neben ihn, verwickelte ihn und den Bekannten in ein Gespräch. Und irgendwann hörte Tim sich nur selber laut fragen, ob sie etwas für ihn hätte. Briefchen und Geld wechselten schnell den Besitzer und Tim

ging wohl wie ferngesteuert zur nächsten Apotheke, besorgte sich eine frische Spritze und was sonst noch dazu gehört. Hielt es nicht mehr aus bis nach Hause, das Braune musste so schnell wie möglich in seine Adern, spürte die Gier nach dem lang ersehnten Schuss in sich und setzte sich diesen nach all der Zeit auf der schäbigen Bahnhofstoilette.
Das wars. Schlechtes Gewissen mir gegenüber und sich selber gegenüber und nicht einmal den erwünschten Kick, den er sich erhofft hat. Übelkeit danach und Kotzereien zuhause und Unwohlsein. Es hat ihm nichts gebracht. Und trotzdem konnte er in diesem Moment nicht nein sagen.
Mir wird schlecht. Doch ich schlucke meine eigenen Bedürfnisse, Probleme und Gedanken runter, es geht nicht um mich sondern um Tim.
Udo sagt es ist gut, dass er erkennt, dass es ein Fehler war. Dass er merkt, dass er nicht Nein sagen konnte. Und was er aus dieser Situation gelernt hat.
Solchen Situationen aus dem Weg zu gehen, bevor er nicht mehr gehen kann, sagt Tim.
Zusammen verlassen wir die Drogenberatungsstelle und gehen mit gemischten Gefühlen zum im Hinterhof geparkten Auto.
"Danke" sagt Tim und nimmt mich in den Arm. Die erste Berührung seit langem, die Tim mir wieder zukommen lässt. Ich mache mich steif und nicke nur.
Wir schaffen das. Irgendwie schaffen wir das. Und er ist ja ehrlich. Trotz allem.

29.01.

Ich fange an, mir all das zu geben, was Tim mir früher gegeben hat, was ich seit Wochen schmerzlich vermisse. Aufmerksamkeit, Wahrnehmen, Konzentration auf mich, Wärme, Liebe, Streicheleinheiten aus tiefstem Herzen.
Er streichelt mich, nimmt mich in den Arm, aber er ist dabei nicht bei mir. Das alles ist Gewohnheit. Keine Momente wo er mir tief in die Augen sieht, mich spüren lässt, wie sehr er mich liebt, mich innig küsst.
Ich zieh mich immer weiter zurück, warte auf den Moment wo er endlich wieder mit dem Kopf und dem Herzen bei mir ist, aber die Tage verstreichen und es ändert sich nichts. Und ich bin es leid zu reden, alle Worte sind gesprochen, verstanden hat er nicht. Keine Blume, keine Karte, keine Überraschungen, keine Kleinigkeit, keine Essenseinladung, kein Vorschlag zum Badengehen, nichts für meinen Seelenzustand, nichts womit ich spüre: "He Schatz, ich habe verstanden, ich hab zwar viel im Kopf, aber ich denke an Dich, weiß was Dir Freude machen könnte und möchte dass Du lachst und glücklich bist, deswegen hab ich mir was überlegt, Dir etwas mitgebracht, etwas Besonderes, außerhalb vom Alltag!"
Nichts. Nur immer dieselben Worte: "Bald, wenn es mir besser geht!"

Versprochen, ja klar. Wie soll ich daran noch glauben?
Wenigstens der Alltag funktioniert seit ein paar Tagen wieder, er gibt sich wirklich Mühe. Küche war die letzten zwei Tage tip top, auch um die Kids hat er sich gekümmert. Nur, das sollte nichts Besonderes sein, das ist doch normal, alltäglich! Aber was ist schon normal für einen Süchtigen, der immer wieder gegen die Sucht kämpft, immer wieder zugreift und das natürlich zum letzten Mal. Ist klar!
Aber er bemüht sich und ich sehe das. Freue mich auch darüber, aber das ist der Alltag, nichts was meine Seele streichelt, nichts bei dem es um mich persönlich geht.
Das versuche ich mir nun selber irgendwie zu geben, sehe mich im Spiegel an, versuche das Schöne an mir zu sehen, mir Komplimente zu machen, mir zuzulächeln.
Meinem Herzen gut zu tun. Mich in die Badewanne zu legen bei Musik, das warme Wasser zu genießen und abzuschalten, zu verdrängen.
Kehre zu mir zurück, nehme mich wahr, gebe meiner Seele Aufmerksamkeit, Liebe und Kraft. Hab Angst mich so immer weiter von Tim zu entfernen, aber ich muss mir das alles selber geben, sonst geh ich kaputt.
Ich möchte nicht mehr bitten und betteln, nicht mehr reden, nicht mehr "es tut mir leid" hören und dann ändert sich doch nichts in Bezug auf mich.
Ich, ich, ich, ja, es klingt egoistisch, ist es aber eigentlich nicht. Das waren früher alles Sachen die selbstverständlich waren, Knutschen, mich tief ansehen, Gesicht und Haare streicheln und mir sagen wie sehr er mich liebt. Mich in den Arm nehmen und drücken, so sehr drücken, das ich Angst habe er nimmt mir die Luft zum Atmen, dabei spüre wie sehr er mich liebt!
Nicht nur in den Fernseh glotzen und mich beiläufig streicheln. Mal die Aufmerksamkeit von der Glotze wegnehmen. Mir wieder stundenlang körperlich nahe zu sein, mir zu sagen wie sehr er meinen Duft liebt, wie gern er meine Küsse schmeckt.
Wieder Sex mit ihm zu haben, ohne dass ICH darum bitten muss, ohne Alkohol nach dem Weggehen.
Dass er mich nie wieder los lassen möchte.
Das alles war früher normal zwischen uns. Wunderschön! Erst ein paar wenige Monate her, aber so weit weg wie Jahrzehnte.
Das, was ich immer so sehr an ihm geliebt habe! Was uns verbunden hat, uns zu etwas besonderem gemacht hat. Das, warum er mein Puzzlestück war. Es war so perfekt!
Er hat mir genau das gegeben, was andere Männer nie konnten. Aufmerksamkeit, bedingungslose Liebe, er hat geklammert, jede Nacht in manchen Zeiten, und es macht mir nichts aus, im Gegenteil, genau das ist es, was ihn als MEINEN MANN ausgezeichnet hat.
Und jetzt ist all das weg. Und es macht mich so unendlich traurig.
Ob es jemals wieder kommt?

Oder geht die Beziehung immer weiter kaputt, wird immer kälter und kälter bis sie einfriert?
Ich will das nicht, aber ich hab auch keine Kraft mehr zu kämpfen.
Ich merke, dass ich jeden Tag irgendwie ein Stück mehr aufgebe, und das tut so weh.
Aber ich warte und warte und hoffe und frage mich: Wie lange noch???
Seine Sms an mich werden immer weniger, wenn, dann klingen sie, als wären sie an einen Kumpel.
Statt dass er jetzt einmal kämpft, versucht, mit allen Mitteln meine Gefühle zurück zu holen, mir sagt, schreibt und zeigt, dass er mich noch liebt, bleibt alles im gleichen Trott.
Oder wird sogar noch weniger.
Ich glaube aber nicht mal, dass er das sieht. Er ist schon wieder zu sehr in seiner eigenen Welt, beschäftigt mit dem Sauberbleiben und den Rückfällen, die immer mehr werden und öfter.
Aber ich möchte nicht mehr reden, reden, reden, keine Worte mehr, die er eh nicht wirklich wahrnimmt. Manche Dinge machen mich einfach so traurig.
Ich will Tim nicht verlieren, aber ich will so auch nicht weitermachen, will DEN Mann zurück, der er früher war. In den ich mich verliebt hab, vom Charakter und allem anderen her.
Ich hab irgendwo tief in mir noch Hoffnung, dass dieser Mann irgendwann wieder zurückkehrt.
Aber wie lange noch...

*

Ich liege in meinem Bett, alleine, ohne ihn, wie so oft in letzter Zeit.
Seine Nähe fehlt mir so ungemein und trotzdem bin ich froh ihn nicht sehen zu müssen, ihm nicht in seine Augen schauen zu müssen, getrübt, unklar, verschobene Gesichtszüge, starr. Er versucht normal zu wirken, aber mittlerweile sehe ich es sofort. Sehe es wenn er zur Tür herein kommt und höre es an seinem "Hallo", das er mir hinwirft.
Er kann mir nichts mehr vormachen, mir keine Müdigkeit oder anderes vorschützen, zu lange hab ich ihn studiert die letzten Wochen.
Ich schließe die Augen und versuche zu schlafen. Wenigstens im Traum oder Gedankenbildern schöne Momente zu erzeugen, mir ein Wohlbehagen zu verschaffen, doch es gelingt mir nicht. Ich kann nicht mehr so fühlen, wie ich es immer und zu allen Zeiten in der Lage war. Alles in mir ist nur oberflächlich, bewegt sich in leichtem Fluss, keine Extreme mehr, kein extremes Fallen von Glückseligkeit zu abgrundtiefer Verzweiflung.

Ich versuche zu weinen in der Dunkelheit meines Schlafzimmers, spüre die weich duftenden Betten um mich, versuche Gefühle zuzulassen, egal welcher Art, aber es funktioniert nicht. Da ist nichts. Absolut gar nichts.
Jeder Mensch hat seine eigene Schmerzgrenze, und meine ist schon längst erreicht, hundert Mal überschritten und das macht mich kalt.
Schade eigentlich, aber besser so.
Tims Gesicht bahnt sich in Wellen einen Weg in die Dunkelheit. Mir genügt ein Blick, um zu wissen. Ein Wort manchmal, um es an der Stimme zu erkennen.
Ich sehe zu viel, weiß zu viel. Und ich muss konsequent sein, auch wenn es mir wirklich schwer fällt.
Wenn ich sehe, dass er wieder zugegriffen hat, in immer kleineren Abständen, dann muss er gehen. Muss meine Wohnung verlassen und in seine zurückkehren, oder sonst wohin wo er hingehen will.
Hausverbot bei Konsum. Um mich zu schützen.
Ich ertrag ihn so nicht, ein Gefühl des Ekels, und ich will mich nicht vor ihm ekeln, möchte die Liebe wieder Oberhand gewinnen lassen, möchte manchmal meine Augen verschließen vor der Wahrheit. Doch nichts kann mir mehr das grausame Bild nehmen, das Tim zeigt, wenn er drauf ist, Heroin durch seine Adern fließt.
Ich frage mich in diesem Moment, ob es mir vorher besser ging, vor dem Erkennen, dass die Sucht ihn doch wieder im Griff hat?
Nein, sage ich mir, es ging mir nicht besser. Denn das schlechte Gefühl war auch im Nicht-Wissen zuhause, hat mich jeden Tag begleitet, obwohl ich es nicht gesehen habe, nicht erkannt habe und nicht erkennen wollte.
Warten. Durchhalten. Hoffen.
Mir keine Gedanken darum machen, wie er was wie wo tut. Und das ist besser für mich, das weiß ich.
Ich setze mich im Bett auf und knipse das Nachttischlämpchen an, sehe mich im Zimmer um. Ganz bewusst nehme ich die offene Tür des Kleiderschranks wahr und Tims Sachen darin, so alltäglich und so gewohnt und lange Zeit so geliebt. Eine Welle der Wehmut überkommt mich und übertüncht die Gleichgültigkeit, die mich meistens umgibt. Wo sind wir gelandet, wo hat uns unser Weg und mein Kampf um ihn und gegen seine Sucht hingeführt?
Ich liebe ihn, das weiß ich. Oder klammere ich mich an etwas fest, das aussieht wie Liebe und doch keine ist?
Es ist so müßig sich immer wieder dieselben Fragen zu stellen. Ich freue mich einfach, wenn er endlich wieder im Programm ist, endlich wieder substituiert. Ich habe mich mittlerweile damit abgefunden, dass das eine Alternative zum Clean-sein ist, keine wirklich gute, aber eine Alternative um ihn nicht ganz an die Drogen zu verlieren und noch ein klein bisschen von ihm selber bei mir haben zu dürfen.
Ich wünsche mir nichts mehr als Ruhe. Ein bisschen Frieden. Dass wir irgendwie wieder lernen uns nahe zu sein. Mein Gedankenkarussell zu beenden.

Dieses Gesicht nicht mehr sehen zu müssen und wieder lieben zu dürfen. Mich nicht mehr ekeln zu müssen, den Zustand nicht mehr sehen, nicht mehr hassen zu müssen.
Ich hasse dieses doch so geliebte Gesicht, ich hasse es, das ist nicht mein Tim. Ich sehe es vor mir, klar und deutlich, wie es die letzte Zeit war. Das ist ein leerer, starrer, stechender, aber doch verschwommener Blick, ausdruckslos, doch der ganze Gesichtsausdruck scheint irgendwie angespannt, die Mundwinkel nach unten Gezogen, Falten um den Mund treten streng hervor.
Halb hängende Augenlider, die Lippen gepresst, Hände die ständig kratzen, über den Bart fahren, sich ruhelos über die Finger streicheln. Starr, alles starr an ihm, aber unruhig. Nervosität, Hin und her rennen, oder träges Wegpennen, Aufschrecken zwischendurch. Atem, der lauter ist, fast schnarchend, als würde die Luft nicht durch die Atemwege passen. Der Herzschlag so langsam, als würde es gleich aufhören zu schlagen.
Der ganze Mensch eine Fratze.
Ich kann es nicht ertragen, spüre die Übelkeit in mir hochsteigen, die sich immer dann an die Oberfläche drängt wenn ich Tim so sehe. Mir ist flau, allein bei der Vorstellung, das Blut pocht in meinem Kopf.
Tief atme ich durch und schlage mit den Händen durch die Luft, kneife mich in meinen rechten Oberschenkel um sein Bild zu vertreiben und wieder zu mir zurückzukehren. Langsam ebbt die Übelkeit ab und ich lege mich wieder flach auf meinen Rücken, presse das Kuscheltier meiner Tochter fest an meine Brust, das sie beim mittagschlaf in meinem Bett vergessen hat.
Ich kenne den Menschen hinter der Fratze. Das hält mich am Leben.
Ja, ich habe immer noch Hoffnung. Immer noch. Immer wieder. Warum, frage ich mich. Es ist so vieles passiert, so viel verletzt und zerstört worden. Warum immer noch diese Hoffnung?
Weil ich den Menschen hinter der Sucht kenne. Und liebe. Immer.

Müde laufe ich den Weg zu Sannes Haustür entlang. Ein üppiger, blühender Garten umgibt den Hof, auf dem Kinderspielzeug, vom Baum gefallene Äpfel und liegen gelassene Gartengeräte in buntem Durcheinander angeordnet sind, trotzdem heimelig und einladend wirken und unheimlich beruhigend. Ich liebe Sannes mehrstöckiges Haus, eigentlich das ihrer Eltern, in der sie eine Wohnung im ersten Stock ihr Eigen nennt.
Sobald ich hier ankomme fühle ich mich geborgen und getragen von der liebevollen Atmosphäre der Familie, vom geordneten kunterbunten Garten mit Sträuchern, Büschen und Blumen, einem kleinen Teich mit Seerosen und quakenden Fröschen, über den eine kleine Holzbrücke führt. Hier ist es wie in einer Märchenwelt, weit weg von Zuhause, in einer Idylle wo Frieden mit sich selbst seinen Platz finden kann.

Die schwere, rosengeschwängerte Luft umgibt mich wie einen schützenden Cocon und trägt mich die Stufen zur Haustür hinauf.
Noch bevor ich klingeln kann, ertönt der Türsummer und ich drücke dagegen, höre nach dem Klacken der Haustür über der vor mir liegenden Treppe die Türe zu Sannes Wohnung knarzend sich öffnen und sehe Sanne heraus treten, in Jogginghose und T-Shirt. Doch im Gegensatz zu mir sieht Sanne selbst in dieser legeren Kleidung irgendwie stilvoll und sexy aus. Wie sie das nur immer schafft? Ein kurzer Anflug eines Lächelns breitet sich aus meinen Lippen aus, als ich die Treppen hinaufsteige und meine Sanne fest in den Arm nehme.
Ich schäme mich so sehr, dass ich Sanne nun alles beichten muss, was mit mir und Tim passiert ist, dass ich ihr beichten muss, dass er wieder an der Nadel hing, wieder im Programm ist.
Aus Scham habe ich ihr nichts erzählt, mit niemandem darüber gesprochen. Denn ich weiß, dass Sanne der Meinung ist, dass ich zu viel ertragen habe und einen besseren Partner verdient habe als Tim, der mich durch seine unberechenbare Heroinsucht nur immer und immer wieder verletzt und demütigt. Und ich weiß das auch. Aber das zuzugeben fällt mir sehr schwer. Aber ich muss es ihr erzählen, muss loswerden, was mich die letzten Monate so sehr bedrückt hat, dass ich Abstand von Sanne genommen habe, den wir nie zuvor so extrem hatten.
Ich setze mich an den kleinen Küchentisch und fange an zu erzählen, während die Kaffeemaschine brummt und ich mir eine Zigarette anzünde. Sanne lässt mich reden, unterbricht mich nicht, stellt mir die Tasse heißen Kaffees vor die Nase und wirft mir immer wieder traurige und entsetzte Blicke zu.
Sie macht mir keinen Vorwurf, kennt mich gut genug um zu wissen, dass ich schon etliche Schritte weiter bin, mich vom Geschehen abkapsle, aber immer noch nicht bereit bin ganz loszulassen.
Denn Tim ist im Drogenersatzprogramm und hat mir damit wieder Hoffnung geschaffen. Irgendwo.
Als ich mit meiner Beichte fertig bin sehe ich Sanne mit Tränen in den Augen auf mich zukommen. Sie nimmt mich in den Arm und drückt mich ganz fest, und ich rieche ihr Parfum und spüre ihre Nähe. Endlich kann ich mich fallen lassen und heiße Tränen laufen meine Wangen hinunter und tropfen auf Sannes Shirt. Ich spüre die Erleichterung und den Halt und die so sehr vermisste Freundschaft. Und ich bin dankbar. Dankbar, dass es meine Freundin gibt, die immer für mich da ist.

*

Warum dachte ich, es wird besser wenn Tim kein Heroin mehr nimmt?
Warum dachte ich, es wird besser, wenn Tim im Programm ist?

Weil es doch schon einmal so war. Weil meine Hoffnung doch damals auch gesiegt hat, und die Liebe und ich dachte wir können alles überstehen?
Aber warum ist es diesmal nicht so?
Ich kann nicht mehr. Tims Kälte schreckt mich ab, er ist lieber bei sich zuhause als bei mir. Und jetzt wieder.
Ebenso gut kann ich alleine sein, ganz alleine, brauche nicht diese ständigen Schmerzen und das Erlebte mit mir zu tragen, kann los lassen.
Was mir nicht gut tut habe ich gelernt gehen zu lassen. Und ich glaube, nun ist es auch mit Tim so weit.
Es tut mir so sehr weh, schneidet mir ins Fleisch und blutet, dass der Glaube an unsere Liebe verloren gegangen ist. Das der vernünftige und sachliche Teil in mir so sehr über der Liebe steht, die ich für Tim empfunden habe und die immer noch in mir grummelt, schreit, hinauswill und der ich doch kein Türchen mehr öffne.
Ich setze mich im Schneidersitz auf mein Sofa, der Fernseher läuft und wirft bunte Bilder wie Schatten in den Raum.
Doch das nehme ich nicht bewusst war, der Drang etwas in meinem Leben zu verändern, dem Leiden, das ich seit ich Tim kenne mit mir herumtrage, endlich ein Ende zu machen, ist überwältigend groß. Ich muss schreiben, springe auf und renne dabei fast den weißen Couchtisch um, den ich mir die Woche zuvor bei einem großen schwedischen Möbelhaus gekauft habe.
Das Papier im Tintenstrahldrucker neben meinem Schreibtisch ist unbenutzt und strahlt mir mit intensivem weiß entgegen.
Ich nehme mir mehrere Blätter sowie einen Kugelschreiber aus dem Stifthalter neben dem Computermonitor und setze mich mit beidem wieder auf meine Couch zurück, lege mir die Fernsehzeitschrift, die auf meinem Tisch liegt, auf meine angewinkelten Beine und schreibe:

Lieber Schatz!

Da wir nie genügend Zeit haben wirklich mal in Ruhe und ausführlich miteinander über unsere Beziehung zu reden, schreibe ich Dir.
Eine halbe Stunde reicht mir nicht aus, um über all das zu sprechen, oder Dinge zu ändern, die zwischen uns im Argen liegen.
Als erstes, ich möchte Dir mit diesem Brief keine Vorwürfe machen, ich schreibe Dir nur das, was ich fühle.
Ich fühle mittlerweile eine unendliche Leere in mir. Mir geht es nicht gut, mit jeder Woche, die ins Land zieht vielleicht sogar ein bisschen schlechter.
Ich fühle im Moment für mich wirklich nur Leere, fühle nur, was mir fehlt, das, was Du geben kannst reicht mir nicht aus.
Denn es fehlen so viele grundsätzliche Sachen mittlerweile zwischen uns, dass mir fast der Boden unter den Füßen wegrutscht.

Wirkliche Wärme und Nähe, nicht 12 Stunden am Tag, es liegt nicht an viel Zeit, es liegt daran, dass ich in der wenigen Zeit, die wir miteinander verbringen, nicht das Gefühl habe, dass Du bei mir bist, dass ich Dir wichtig bin.
Das vermisse ich mehr als alles andere.
Das hast Du eigentlich in jeder Phase unserer Beziehung geschafft mir zu geben, deswegen hatte ich immer Hoffnung, hab immer wieder Geduld aufgebracht, gewartet, hingenommen, gehofft.
Ich hab dieses Gefühl nicht mehr. Früher haben wir uns gegenseitig Halt gegeben.
Den finde ich nicht.
Du bist weiter weg als jemals zuvor und damit komme ich nicht klar.
Chance um Chance, du hast geweint, gesagt, Du kämpfst um MICH, aber du kannst trotzdem nicht über Deinen Schatten springen und mir Kleinigkeiten erfüllen, die MICH glücklich machen würden, auch wenn sie Dir doof vorkommen.
Du kannst nicht, ich verstehe Dich irgendwie, wie ich Dich immer verstanden habe in all der Zeit. Und ich glaube aber nicht, dass sich daran etwas ändern wird.
Und es sind eben Dinge, die ich brauche und auch fordere.
Weil es früher selbstverständlich war und auch in einer Beziehung sein sollte, dass man dem anderen zuhört oder etwas für ihn tut, ein Lächeln in sein Gesicht zaubern will. Das ist Liebe, Tim!
Du hast mich immer wieder vertröstet, gesagt Du verstehst mich.
Aber nie war der richtige Zeitpunkt etwas zu ändern.
Und ich habe die Hoffnung aufgegeben, dass dieser richtige Zeitpunkt noch kommt.
Zuerst warst Du zu beschäftigt, zu sehr damit beschäftigt damit, dass Du Arbeit bekommst. Verstehe ich.
Dann die Rückfälle, immer wieder die Drogen in Deinem Kopf, kein Platz für anderes. Verstehe ich.
Dann wieder voll drauf, keinen Kopf. Verstehe ich.
Dann ins Programm, auf Polamidon, immer noch keinen Kopf. Verstehe ich auch.
Die Umstellung auf ein anderes Ersatzmittel, weil Pola bei Dir allergische Reaktionen auslöst. Dir gings schlecht dabei und das tut mir leid, ich will nicht, dass Du leidest!
Für mich nicht einfach die ganzen letzten Monate zu sehen zu müssen.
Ich verstehe Dich.
Du bist noch nicht richtig eingestellt, Suchtdruck, Probleme im Alltag. Verstehe ich.
Ich nehme Rücksicht wo ich nur kann. Und dabei geht's mir selbst nicht gut.
Zwei Arbeiten, Kinder Haushalt, Geldprobleme.

Und das einzige, was ich im Großen und Ganzen gefordert habe sind winzig kleine Inseln im Alltag mit Dir.
Die mich über Wasser halten.
Schöne Dinge.
Winzig kleine.
Dinge, für die man keine 2 Minuten bräuchte und mir ein Leuchten in die Augen gezaubert hätten und mich wieder ein paar Wochen am Leben und an die Hoffnung gebunden hätten.
Die diese Durststrecke für mich durchhaltbar gemacht hätten.
Aber Du sagst, Du kannst das nicht geben.
Nicht der richtige Zeitpunkt, Du tust nur das was Du WILLST, nicht das was Du MUSST.
Es ist ok, ich verstehe Dich und ich akzeptiere das.
Aber ich komme nicht damit klar.
Ich bin wirklich am Ende mit meiner Kraft.
Und ich kann nicht mehr daran glauben, dass der Zeitpunkt noch kommt, wo Du mir das geben kannst oder willst, was ich brauche, um durch das ganze schwarz um mich ein Licht zu sehen und an uns zu glauben.
Ich habe gekämpft, mich immer und immer wieder zurückgesteckt, war für Dich da, auch in den allerschlimmsten Zeiten, hab trotzdem versucht mich nicht zu verlieren, nach Halt gesucht.
Du hast mir immer und immer wieder gesagt dann und dann wird es besser, aber ich kann im Moment nur das sehen, was ich nicht habe, was mir fehlt, und das ist mehr, als es jemals zuvor war, weil selbst das Miteinander irgendwo verschwunden ist.
Zeiten, wo wir uns Kraft geben können.
Außerhalb der Probleme, außerhalb vom Alltag.
Es tut mir leid, ich fühle mich ausgebrannt, ausgepowert, kraftlos, hilflos und allein.
Ich kann's mit Worten nicht beschreiben und ich hab sowieso schon wieder viel zu viel geschrieben.
Das hat Dir früher nichts ausgemacht, auch wenn ich viel geredet habe und emotional war, Du hast mich so geliebt wie ich bin.
Und jetzt habe ich das Gefühl, ich muss mich verbiegen.
Und das kann ich nicht, Tim.
Ich habe vieles geändert an mir, Überreaktionen, rede nicht mehr über alles was mich beschäftigt, kontrollier nicht mehr in Deinen Sachen, denke bevor ich rede.
Aber noch mehr kann ich nicht ändern, auf noch mehr kann ich nicht verzichten.
Weil ich dann nicht mehr ich selbst bin.
Und ich gebe mich nicht ganz auf.

Du sagtest vorhin am Telefon, vielleicht ist es besser, wenn Du erst mal Deinen Weg gehst und ich meinen.
Vielleicht ist es wirklich besser so.
Ich kann nämlich nicht mehr und alles was mir wichtig ist, mir Mut und Hoffnung und schöne Momente macht, auf das alles soll ich verzichten?
Wie lange?
Das kann ich nicht.
Geh Deinen Weg, finde zu Dir, finde Deine Mitte, finde Ruhe und pass auf Dich auf!
Ich liebe Dich und das wird sich nicht ändern!
Aber ich lasse los, sonst gehen wir beide kaputt!
Ich kann auch nicht aus meiner Haut. Das ist was ich fühle und denke.
Mehr Worte habe ich im Moment nicht und ich möchte, dass es Dir gut geht.
Und das tut es Dir mit mir im Moment nicht.
Ich kümmere mich jetzt um mich und sehe zu, dass es mir besser geht.
Ich wünsche Dir, dass Du das auch kannst.

Jessy

Nachwort

Diesen Brief habe ich nie losgeschickt, aber ich habe mich für ein Leben ohne Tim entschieden. Und ich glaube auch für Tim war der Zeitpunkt auseinander zugehen der Richtige.
Ich wusste einfach zu viel, konnte ihm ansehen wenn er wieder etwas angestellt hatte. Es war anstrengend für ihn geworden. Ich war zu anstrengend geworden und seine Liebe zu mir immer weniger.
Das sind Vermutungen, denn wir haben nie wieder miteinander gesprochen.
Er geht seinen Weg, ich weiß nicht wohin dieser führt.
Ich gehe meinen Weg, alleine, ohne ihn, ohne Partner.
Ob ich nach dieser alles überwältigenden Liebe jemals wieder annähernd das fühlen werde, was ich für Tim empfunden habe, kann ich nicht sagen.
Allein das Loslassen fällt schwer, aber mit jedem Tag vergisst man mehr den erlebten Schmerz, rückt das Erlebte in immer weitere Ferne.
Ich bin gerne alleine, genieße die Stille und die Zeit mit mir selber.
Natürlich gibt es Tage, da brennt das alles wie Feuer in mir und droht mich zu verbrennen. Aber auch diese Tage werden mit der Zeit weniger. Mit jedem Tag kehrt Fröhlichkeit zurück in mein Leben, Leichtigkeit und mehr Gefühl. Und es ist schön das festzustellen.
Und dennoch weiß ich, ich brauche Abstand.
Meine Liebe ist eine Sucht.
Auch ich bin abhängig. Co-abhängig, wie so viele Partner von Suchtkranken.
Ich will nichts hören und nichts sehen von Tim, wahre die Distanz zwischen uns, möchte keinen Kontakt.
Denn nur so kann ich mein Leben so glücklich und erfüllt und ohne ihn führen.
Wie ich es geschafft habe mich wirklich zu trennen, weiß ich bis heute nicht.
Vielleicht weil ich gemerkt und erkannt habe, dass seine Liebe zu mir von Tag zu Tag kleiner wurde, immer weniger?
Es ist wie es ist, sagt die Liebe...
Und ich bin glücklich mit meinem Leben, glücklich dem Teufelskreis aus hoffen und bangen, lieben und hassen, Schmerzen und absoluter Glückseligkeit entkommen zu sein.
Ich bleibe bei mir.
Ich habe Tim verziehen, tief in mir drin, weil ich weiß, dass er nicht anders kann, gefangen ist in sich selber und seiner Sucht.
Und damit kann ich leben.
Für immer ohne ihn.
Aber dennoch glücklich.